Oliver Buslau
Marcels Geheimnis und drei weitere spannende Fälle
Professor Archibald Winter ermittelt

AF140128

Über den Autor:

Der Autor Oliver Buslau kreierte die Archibald-Figur im Jahre 2011 eigens für die TVKlar-Serie, für die er seitdem viele hundert Geschichten geschrieben hat. Wie der findige Professor lebt Oliver Buslau im Bergischen Land bei Köln. Er schrieb neben unzähligen Kurzgeschichten auch viele Buchkrimis – unter anderem eine Serie um den Wuppertaler Privatdetektiv Remigius Rott, der seit dem Jahre 2000 im Bergischen Land ermittelt Außerdem schrieb Buslau Krimis um das Thema Musik („Das Gift der Engel", „Die fünfte Passion", „Die Orpheus-Prophezeiung" sowie den historischen Preußen-Krimi „Schatten über Sanssouci"). Außerdem ist er einer der Autoren der erfolgreichen E-Book-Reihe „Cotton Reloaded". Im Jahre 2000 gründete er die Zeitschrift TextArt, ein großes Magazin für Kreatives Schreiben, das er als Chefredakteur leitet. Eine weitere Gemeinsamkeit mit Professor Archibald Winter ist Buslaus Liebe zur Musik. Neben seiner Mitwirkung als Bratschist in verschiedenen klassischen Ensembles wie dem Sinfonieorchester Bergisch Gladbach und dem Kammerorchester Concertino ist er Gründungsmitglied der Krimiautorenband „Hands up! & The Shooting Stars".
Mehr Information: www.oliverbuslau.de

Oliver Buslau

Archibald

Marcels Geheimnis
und drei weitere spannende Fälle

Professor
Archibald Winter
ermittelt

Bibliografische Information der Deutschen Nationalbibliothek:
Die Deutsche Nationalbibliothek verzeichnet diese Publikation in der
Deutschen Nationalbibliografie; detaillierte bibliografische Daten sind
im Internet über http://dnb.dnb.de abrufbar.

Impressum:
1. Auflage | November 2015
Copyright ©2015 Autor
und Literarische Agentur HML-Media Nürnberg
Siemensstraße 47, D-90459 Nürnberg
www.hmlmedia.de
Covergestaltung: © Niklas-Philipp Gertl, Wien
www.ebook-illustration.de
Nachdruck – auch auszugsweise – verboten!
Nachdruckdienst: Agentur HML-Media Nürnberg
Alle Rechte vorbehalten!
Herstellung und Verlag: BoD – Books on Demand, Norderstedt
ISBN: 978-3-738659269
Dieses Buch ist als E-Book bei Kindle Amazon erhältlich

www.facebook.com/TVklar.Archibald

Professor Archibald Winter

Sherlock Holmes, Kommissar Maigret oder Hercule Poirot ... Jahrzehntelang hat Professor Archibald Winter an der Universität Studenten in Literaturgeschichte unterrichtet, aber seine wahren Helden stammen nicht von Schiller oder Goethe. Archibalds heimliche Liebe gilt den Kriminalgeschichten, die schon immer gerne las – mit einem Glas Rotwein zur Hand oder den Klängen einer klassischen Sinfonie im Hintergrund. Jetzt, im Ruhestand, hat er sich einen Traum erfüllt: Zusammen mit der Kommissarin Barbara Bruhns geht er auf Verbrecherjagd – und sein scharfer, an klassischen Krimis geschulter Verstand führt die Ermittler immer wieder auf die richtigen Indizien ...

Archibald Fälle begeistern Woche für Woche in der Programmzeitschrift TVKlar viele Fans. Jetzt erscheinen die spannenden Geschichten seiner Ermittlungen zu ersten Mal in Buchform.

Inhalt

Archibald und ...

Archibald und Marcels Geheimnis

Jana Nissenbaum, die Professor Archibald Winter in einem Café am Kölner Neumarkt gegenübersaß, rührte nervös in ihrer Tasse. Immer wieder schüttelte sie den Kopf, als habe sie gerade eine Information erhalten, die sie absolut nicht glauben konnte.

„Marcel hat ein Geheimnis", sagte sie. „Eigentlich kann ich mir das gar nicht vorstellen. Wir sind seit drei Jahren verheiratet. Alles ist so toll gelaufen bisher. Wir haben beide ganz gute Jobs. Und nun das."

Archibald schätzte Frau Nissenbaum auf etwa knapp dreißig Jahre. Sie war die Nichte einer ehemaligen Studentin. Durch ihre Tante hatte sie erfahren, dass Archibald als pensionierter Literaturprofessor mit einer Vorliebe für Kriminalromane hin und wieder Aufträge als Detektiv übernahm.

Sie seufzte.

„Ach, Sie können das ja gar nicht verstehen. Ich muss Ihnen das von Anfang an erklären." Sie holte einen Ordner aus ihrer Tasche. Darin befanden sich Kontoauszüge, die sie auf den Tisch legte. „Marcel überweist jeden Monat heimlich 500 Euro an eine Frau aus Bonn. Von einem Konto, das er schon seit seiner Studentenzeit hat. Ich bin zufällig beim Aufräumen darauf gestoßen. Schauen Sie mal." Sie schob Archibald die Unterlagen hin, damit er sich selbst ein Bild machen konnte.

Marcel Nissenbaum überwies jeden Monat Geld an eine gewisse Anna Brockmann. Alle Einträge bestanden nur aus Überweisungen an sie. Und aus Gutschriften, die wahrscheinlich von Marcel Nissenbaums Gehaltskonto stammten.

„Das geht jetzt schon etwa ein Jahr so", sagte Jana. „Ich komme mir so blöd vor, dass ich in seinen Unterlagen rumschnüffle."

„Haben Sie eine Ahnung, wer diese Anna Brockmann sein könnte?", fragte der Professor. „Vielleicht ist es eine entfernte Verwandte, die er unterstützt?"

Jana schüttelte den Kopf und strich sich eine blonde Haarsträhne zurück. „Er hat nur seine Eltern, die in Monschau in der Eifel leben. Keine Geschwister. Die Familie ist sehr klein. Wir haben uns ja alle bei der Hochzeit kennen gelernt. Wissen Sie ... Ich habe mir schon gedacht, vielleicht hat er ein Verhältnis mit dieser Frau ... Mein Gott, wie soll das nur weitergehen ...?" Plötzlich brach sie in Tränen aus. Ihre zierlichen Hände tasteten in die Handtasche. Sie fand ein Papiertaschentuch, mit dem sie sich die Nase putzte. Archibald war das Ganze unangenehm. Eigentlich mischte er sich nicht gerne in Eheangelegenheiten. Denn für diese gab es eigentlich erst mal nur eine Lösung.

„Wäre es nicht besser, wenn Sie mit ihrem Mann darüber sprechen?", fragte er.

Jana hielt das zerknüllte Papiertuch in der Hand, fasste die Kaffeetasse vor sich ins Auge und nickte. „Kann schon sein. Ich habe es versucht. Aber ich kriege es nicht hin. Ich habe furchtbare Angst, dass dann herauskommt, dass er tatsächlich eine Affäre hat." Sie sah Archibald an. „Eigentlich will ich ja nur die Bestätigung, dass es nicht so ist. Dass etwas Harmloses dahintersteckt … Dafür brauche ich Ihre Hilfe."

Archibald musste angesichts dieser Logik unwillkürlich lächeln. Wenn etwas Harmloses hinter den Geldüberweisungen steckte, dann hätte Jana es von Marcel ja ohnehin erfahren. Und wenn nicht, würde er sich vielleicht herausreden. Und Jana würde nie sicher sein, was denn nun die Wahrheit war. Selbst weiter hinter dem Rücken ihres Mannes herumzuschnüffeln, brachte sie wohl nicht fertig. So brauchte sie Archibald, um von einer unabhängigen Person herausfinden zu lassen, was Sache war.

„Was macht denn Ihr Mann beruflich?", fragte der Professor.

Jana nippte an ihrem Kaffee. „Er ist Taxifahrer. Aber noch nicht lange. Er hat erst angefangen Jura zu studieren, aber er hat das nicht geschafft. Es war zu schwer für ihn. Danach hat er eine Umschulung im EDV-Bereich gemacht. Die hatte ihm das Arbeitsamt sozusagen aufgedrückt. Dann hat er den Taxischein gemacht. Und er hat richtig Freude an dem Beruf. Er fährt jetzt seit …" Sie überlegte kurz. „… so gut ein Jahr ungefähr."

„Und was arbeiten Sie?"

„Ich bin Sachbearbeiterin in einer Versicherung."

„Noch eine letzte Frage. Wie alt ist Ihr Mann?"

„Siebenundzwanzig", sagte sie. „Ein Jahr jünger als ich."

Archibald überlegte einen Moment. Dann machte er sich ein paar Notizen. Wichtig war vor allem der Name Anna Brockmann und deren Bankverbindung. „Also gut, ich helfe Ihnen", sagte er dann.

„Aber versprechen Sie mir etwas."

„Was denn?"

„Sagen Sie Marcel niemals, dass ich Sie engagiert habe, um ihn zu überwachen. Ich glaube, das würde er mir nie verzeihen."

Archibald lächelte in sich hinein. Natürlich war er diskret. Das war Ehrensache für ihn.

„Diskretion ist Ehrensache. Geben Sie mir Ihre Handynummer. Ich melde mich, wenn ich etwas herausgefunden habe." Er zückte seinen Stift, und Jana diktierte ihm die Nummer in sein Notizbuch.

Es kostete Archibald ein wenig Internetrecherche, bis er herausgefunden hatte, wo diese Anna Brockmann wohnte. Die Arbeit am Computer, die er eigentlich hasste, versüßte er sich mit klassischer Musik. So umtoste ihn eine Beethoven-Sinfonie, während er Buchstaben in die Internetsuchmaske tippte und mit der Maus klickte.

Natürlich konnte er nicht einfach bei der Bank anrufen und Anna Brockmanns Adresse erfragen. Aber anhand der IBAN bekam er immerhin heraus, dass es sich um eine Bankverbindung in Bonn handelte. Danach ließ er sich über das elektronische Telefonbuch sämtliche Brockmanns in Bonn auflisten und druckte alles aus.

Der Name Anna kam leider in keiner der Adressen vor. Bei einigen waren die Namen abgekürzt, aber es gab auch kein „A.". Wieder andere hatten sich ohne Vornamen eintragen lassen. Es würde eine schwierige Sache werden, die Adresse herauszufinden.

Der Professor griff zum Telefon und rief seine alte Freundin, die Kommissarin Barbara Bruhns an. So ein Auftrag wie der von Jana Nissenbaum war selten. Meist – und eigentlich auch viel lieber – mischte sich der Professor in die Arbeit der Polizei ein und kümmerte sich auf seine Art darum, die richtigen Spuren zu den Tätern zu finden. So hatte er Barbara eines Tages kennen gelernt.

„Du weißt, dass das illegal ist", sagte die Kommissarin, nachdem er ihr seinen Wunsch geschildert hatte.

„Ich will der Frau ja nichts tun", brummte Archibald, der es hasste, wenn ihm Barbara erst einmal Steine in den Weg legte. „Ich will nur mit ihr reden. Und es wäre eine immense Zeitersparnis, wenn ich gleich an die richtige Anna Brockmann käme."

„Geht es um etwas Kriminelles?" Barbaras Stimme troff nur so vor Misstrauen. „Du unternimmst doch nicht etwa wieder einen Alleingang? Du weißt genau, dass ich dich nur ermitteln lasse, wenn ich dich gleichzeitig an der langen Leine habe. Und wenn das nicht an die Öffentlichkeit kommt. Ein pensionierter Literaturprofessor mit einem Krimispleen, der für die Polizei arbeitet. Wo gibt's denn so was?"

„Es ist was Privates", stellte der Professor klar. „Das weißt du ganz genau."

Sie seufzte. „Also gut. Wie hieß die Frau noch mal?"

„Anna Brockmann."

Am anderen Ende der Leitung war Tastaturgeklapper zu hören. „Treffer", sagte Barbara. „Sie wohnt in Bonn. Hast du was zum Schreiben …?"

Schmutzige graue Betonkästen prägten die Gegend, wo Anna Brockmann wohnte. In diesem Teil von Bonn war Archibald noch nie gewesen. Wenn er schon mal in die Stadt am Rhein kam, hielt er sich eher im Zentrum auf – spazierte durch die hübschen Gassen und besuchte die Beethovenhalle oder den Kammermusiksaal neben Beethovens Geburtshaus für ein klassisches Konzert. In dem Stadtteil, durch den er jetzt seinen alten Mercedes lenkte, gab es sicher nicht viele Klassik-Fans. Er war das absolute Kontrastprogramm.

Nachdem er seinen Wagen geparkt und das richtige Haus gefunden hatte, inspizierter er die lange Klingelleiste, fand ein angerostetes Schild mit dem richtigen Namen und drückte. Der Aufzug im Treppenhaus war defekt, und so musste Archibald zu Fuß in den vierten Stock. Eine dunkelhaarige Frau erwartete ihn an der

Wohnungstür. Archibald blickte in ein faltiges Gesicht. Das Haar war gefärbt. Sie war mindestens 45 Jahre alt. Ihre Hände, die eine brennende Zigarette hielten, wirkten ungepflegt.

„Frau Brockmann?"

Sie nickte. Archibald holte einen Block aus der Tasche. „Ich komme vom Sozialamt", behauptete er. „Wir machen eine Umfrage zur Zufriedenheit der Mieter in günstigen Wohnlagen." Er zückte einen Stift. „Sind Sie mit Ihrer Unterkunft zufrieden?"

Die Frau wirkte völlig überrumpelt. „Na, das ist ja mal eine Maßnahme, dass man uns nach unserer Meinung fragt. Also, wenn Sie es genau wissen wollen, funktioniert seit letzten Dezember der Aufzug nicht. Sagen Sie das mal der Hausverwaltung."

Archibald schrieb eifrig mit.

„Wer ist denn da, Schatz?", meldete sich ein Mann im hinteren Teil der Wohnung. „Nur eine Umfrage", sagte sie.

„Ihr Ehemann?", fragte Archibald.

Sie nickte. „Ein Ehemann, der jetzt Joggen geht."

Jetzt kam der Mann auf den Flur. Er trug Sportkleidung und Laufschuhe. Schnell drängte er sich an Archibald vorbei und verschwand im Treppenhaus. Der Professor stellte noch ein paar Fragen und verabschiedete sich. und ging

Als er im Wagen saß, suchte er sich eine neue Parkmöglichkeit, von der aus er den Eingang des Mietklotzes im Auge behalten konnte. Er lehnte sich bequem zurück, betrachtete eine Weile den kleinen, von Unkraut durchzogenen Fußweg aus Waschbetonplatten. Dann zog er sein Handy aus der Tasche und wählte eine Kurzwahltaste.

„Du schon wieder?", sagte Barbara.

„Sag mal, ist diese besagte Frau Brockmann verheiratet?"

„Bist du auf Brautschau, oder was?" Wieder hörte er ihr typisches Seufzen, mit dem sie zum Ausdruck brachte, dass sie ja ohnehin nichts gegen seine Fragen tun konnte.

Er drehte sich weg.

„Komm, sag schon … Wie gesagt – alles privat."

Die Tastatur klapperte wieder.

„Anna Brockmann … verheiratet mit Georg Brockmann."

„Ein Bekannter?", fragte der Professor. Er meinte damit, dass die Person bei der Polizei vielleicht schon einmal aktenkundig geworden war.

„Und ob … Sag mal Archibald, bist du wirklich ganz sicher, dass es nicht um was Kriminelles geht? Und du mir nicht doch mehr Informationen geben solltest? Wenn du im Alleingang eine Straftat ermittelst und uns das verheimlichst, gibt's ernsthaft Ärger. Möchtest du dir das wirklich antun?"

Der Professor war sich nicht im Geringsten sicher, aber das konnte er nicht zugeben. Er konnte und wollte Jana Nissenbaum nicht in die Sache reinziehen. Jedenfalls nicht, bevor er ganz klare Hinweise hatte, worum es hier eigentlich ging.

„Was hat denn dieser Brockmann auf dem Kerbholz?", fragte er.

Barbara räusperte sich.

„Vorbestraft wegen Drogenhandel. Er hat auch noch eine Bewährungsstrafe am Laufen. Und wenn ich das hier richtig sehe, ist er nicht gerade zimperlich, wenn es darum geht, Gewalt anzuwenden. Mehr kann ich hier nicht sehen. Das ist ja nicht mein Dezernat. Ich bin in der Mordkommission und nicht bei der Drogenfahndung, wie du weißt. Aber wie gesagt …"

„Wenn ich der Polizei was mitzuteilen habe, tue ich es", beendete Archibald das Gespräch und drückte den roten Knopf.

Nach einer knappen Stunde kam Georg Brockmann vom Joggen zurück. Offenbar hatte er eine ordentliche Strecke hinter sich gebracht. Als Abschluss absolvierte auf einem kümmerlichen Stück Rasen neben dem Waschbetonweg ausgiebige Dehnübungen. Brockmann war um die 50, hatte dichtes, aber schon leicht angegrautes kurzes Haar und wirkte sehr sportlich. Archibald nutzte die Gelegenheit, ihn sich genauer anzusehen. Und ihn mit dem Handy zu filmen.

Schließlich verschwand Brockmann im Haus.-Der Professor überlegte. Er hätte jetzt Jana anrufen können, denn er hatte eine gute Nachricht für sie. Aber ebenso hatte er auch eine schlechte. Und die Frage war, ob die junge Frau sich über die gute so sehr freuen würde, dass diese Freude die Folgen der schlechten Nachricht überwog.

Eins war so gut wie sicher: Marcel Nissenbaum hatte kein Verhältnis mit Anna Brockmann. Na gut, ganz ausschließen konnte man das nicht. Aber von den Überweisungen auf eine Affäre mit einer deutlich älteren Frau zu schließen, war eine etwas dünne Indizienkette.

Dafür war es aber sehr gut möglich und leider sogar wahrscheinlich, dass er in irgendwelche kriminellen Machenschaften ihres Mannes verwickelt war.

Als hätte die junge Frau irgendwo im fernen Köln Archibalds Gedanken gelesen, begann sein Handy zu summen. Die Nummer, die er am Vormittag notiert hatte, war auf dem Display zu lesen. Archibald warf einen Blick darauf und zögerte ein paar Augenblicke bevor er das Telefonat annahm.

Also gut, dachte der Professor. Eine gute Nachricht ist eine gute Nachricht. Alles Weitere sehen wir dann.

Er meldete sich.

„Haben Sie was rausgefunden?", fragte Jana Nissenbaum. Er schilderte ihr die Begegnung mit Anna Brockmann.

„Ich kann mir beim besten Willen nicht vorstellen, dass er was mit so einer Frau anfängt", sagte sie schließlich. „So was weiß man natürlich nie, aber es passt ja auch nicht. Warum soll er ihr auch noch Geld bezahlen?"

„Genau das habe ich mir auch gedacht. Die Frau ist übrigens auch verheiratet."

„Das Ganze wird immer seltsamer."

„Können Sie mir sagen, ob Ihr Mann bestimmte Stammgäste hat, die oft sein Taxi buchen?"

„Nein, so was weiß ich nicht. Da müssten Sie seinen Chef fragen."

„Das wird nichts bringen. Er wird es mir nicht sagen …"

„Ich weiß nur, dass Marcel gelegentlich am Flughafen Köln-Bonn unterwegs ist. Er bekommt oft Anfragen für den nächsten Morgen, um Leute dorthin zu bringen oder auch abzuholen. Manchmal auch schon sehr früh."

„Na, das ist doch schon mal eine Information." Er versprach dran zu bleiben, verabschiedete sich und steckte das Handy weg. Im selben Moment ging an dem Mietshaus die Tür auf, und Georg Brockmann kam heraus.

Er trug jetzt Jeans und Lederjacke. Ohne Archibald zu bemerken, ging er am Mercedes des Professors vorbei und stieg in einen unauffälligen grauen Golf älteren Baujahrs.

Archibald ließ seinen Wagen rückwärts aus der Parklücke rollen, als Brockmann gerade Gas gab. Es gelang ihm, ihn an der nächsten Abzweigung einzuholen und ihm zu folgen.

Es wunderte Archibald kaum, als der Verfolgte die Flughafenautobahn nahm und dann in Richtung des Airports abbog. Sein Ziel waren jedoch nicht die An- oder Abflugterminals, sondern es war der Cargobereich. Dort gab es vor den Umladerampen einen riesigen Platz, wo viele LKWs aufgereiht standen. Voreinander und hintereinander.

Um nicht aufzufallen, musste Archibald Abstand halten. Er konnte gerade noch erkennen, wie Brockmann aus dem Auto stieg und zwischen den Lastwagen verschwand. So blieb ihm nichts anderes übrig, als in der Nähe der Ausfahrt zu warten. Brockmann musste ja irgendwie wieder herauskommen. Archibald hatte gelernt, sich in Geduld zu üben.

Es dauerte keine zwanzig Minuten, bis er wieder auftauchte. Archibald erwartete, dass die Rückfahrt wieder nach Bonn ging, doch Brockmann hielt sich abseits der Autobahn und durchquerte die Wahner Heide – ein riesiges, von wenigen Autostraßen durchquertes Naturschutzgebiet.

An einem der vielen Wanderparkplätze hielt Brockmann an. Zum Glück herrschte hier ziemlicher Betrieb. Mindestens acht Fahrzeuge standen auf dem Platz. Grüppchen von Wanderern waren damit beschäftigt, ihr Gepäck einzuladen. Offenbar hatten sie ihre Tour schon beendet. Ein weiterer Wagen kam an und parkte. Der Fahrer entließ einen jungen Schäferhund. Das Tier sprang freudig herum und konnte es wahrscheinlich gar nicht abwarten, mit Herrchen zu einer Tour aufzubrechen. Wie toll umtanzte es den Mann.

Der Professor fand einen freien Platz neben einem schwarzen Lieferwagen mit der Aufschrift einer Reinigungsfirma aus Köln. Auf den vorderen Sitzen saßen zwei junge Männer, die sich aus Tüten einer bekannten Hamburger-Kette bedienten. Wahrscheinlich machten sie eine deutlich verspätete Mittagspause. Oder sie trödelten ein wenig herum, um pünktlich zum Feierabend wieder in der Firma zu sein.

Der Lieferwagen bot Archibald gute Deckung, um zu beobachten, was Brockmann unternahm. Er war ausgestiegen und hob die Arme, als müsse er sich nach einer langen Autofahrt ein wenig recken. Dabei blickte er in die Heidelandschaft vor sich.

Der Mann mit dem Schäferhund hatte das Tier an die Leine genommen und ging an Brockmann vorbei. Im selben Moment, in dem die Männer sich nah beieinander befanden, griff Brockmann in die Tasche, und innerhalb einer Sekunde wechselte ein kleines Päckchen den Besitzer. Der Mann mit dem Hund bewegte sich, und nun erhielt Brockmann etwas von ihm. Als wäre nichts gewesen, trennten sich die beiden. Brockmann machte noch einmal eine Bewegung mit den Armen und stieg dann wieder in seinen Wagen.

Archibald hatte genug gesehen.

Leider hatte sich die schlechte Nachricht für Jana Nissenbaum noch mehr verschlechtert.

Der Professor sah nur noch eine Möglichkeit. Er musste mit Janas Mann sprechen.

Er parkte den Wagen am Flughafen und rief die Taxizentrale an. Die Funkvermittlung wirkte erstaunt, als der Professor unbedingt von Nissenbaum gefahren werden wollte. Er musste sich also unbedingt durchsetzen und durfte sich nicht abwimmeln lassen.

„Entschuldigen Sie", sagte die Frau, „aber es wird doch sicher noch mehr Taxen am Flughafen geben."

Sie hatte natürlich recht. Vor Archibald, der am Ankunftsterminal stand, warteten mindestens zehn Wagen auf Kundschaft.

„Ich habe aber nun einmal diesen Wunsch", beharrte er und versuchte, hochnäsig, reich und arrogant zu klingen – was inmitten des Lärms zwischen den Fluggästen und dem Geräusch der Autos gar nicht so einfach war. Außerdem war es sowieso nicht Archibalds Art.

„Geld spielt keine Rolle", sagte er und hob die Stimme wie jemand, der jetzt langsam die Geduld verlor. „Ich bezahle gerne den doppelten oder auch dreifachen Preis, wenn Herr Nissenbaum jetzt mal bald hier auftaucht."

„Also gut – wenn es Ihnen so wichtig ist … Einen Moment bitte."

Offenbar versuchte die Dame gerade über Funk herauszufinden, wo Nissenbaum im Moment unterwegs war. Dann meldete sie sich wieder. „Es dauert noch etwa eine Viertelstunde. Aber dann wird der Fahrer bei Ihnen sein. Er hat noch eine Fuhre in Porz."

Das war ein Kölner Stadtteil, der gleich an den Flughafen angrenzte. Archibald wartete geduldig. Als der Wagen angefahren kam, setzte er sich ohne zu zögern auf auf den Beifahrersitz.

Nissenbaum schien erschrocken.

„Schöne Grüße von Frau Brockmann", sagte er. „Fahren Sie einfach los, wir unterhalten uns ein bisschen. Ich meine, das kann ganz amüsant für uns beide werden."

„Was soll das?", rief Nissenbaum, ein blasser Mann mit einem schwarzen Brillengestell.

„Wie ich gesagt habe." Archibald wies auf die Straße vor ihnen, die an den Terminals entlang führte. „Fahren Sie."

Nissenbaum war immer noch wie gelähmt. „Wer sind Sie denn überhaupt?"

„Mein Name ist Professor Winter. Ich bin Privatdetektiv."

„Und Sie kommen von den Brockmanns?"

„Wäre das so schlimm?"

Er legte die Unterarme auf das Lenkrad.

„Ich kann nicht mehr", seufzte er. „Sagen sie ihnen das."

„Was können Sie nicht mehr?"

Er sah Archibald an.

„Na, was ist!"

„Na, zahlen. Mehr als die 500 im Monat sind nicht drin. Verstehen Sie doch!"

„Darüber müssen wir reden", sagte Archibald. „Nun fahren Sie mal los. Vielleicht entspannt Sie das ja ein bisschen."

Nissenbaum gehorchte und fädelte sich mechanisch in den Verkehr ein. „In einem halben Jahr können wir vielleicht die Rate erhöhen", sagte er. „Aber früher nicht. Sagen Sie ihr das." Nissenbaum starrte auf die Fahrbahn.

Sie erreichten die Flughafenausfahrt. Archibald dirigierte Nissenbaum auf die Landstraße.

„Ich komme nicht von Brockmann", sagte er schließlich.

„Nicht?", fragte Nissenbaum überrascht.

Sollte Archibald sagen, dass ihn Jana beauftragt hatte? Nein, das konnte er nicht. Er hatte ihr versprochen, das zu verschweigen.

„Ich arbeite für die Polizei", erklärte er.

Nissenbaum war deutlich blasser geworden. Er musste sich sichtlich auf die Straße konzentrieren, die jetzt durch ein Waldgebiet führte.

„Polizei?", murmelte er, Angst in der Stimme.

„Nun fahren Sie nicht gleich gegen den nächsten Baum vor Schreck. Wenn Sie kooperativ sind, kommen Sie vielleicht mit einem blauen Auge davon."

Sie näherten sich einer Parkbucht. Dort bog der Taxifahrer ab und hielt den Wagen an. Den Motor ließ er laufen. Er schien sein Selbstbewusstsein wiederlangt zu haben. Plötzlich flammte wilde Wut in Nissenbaums Gesicht auf.

„Wenn Sie von der Polizei sind, haben Sie ja sicher einen Ausweis, mit dem sie sich legitimieren können."

So einen Ausweis hatte Archibald natürlich nicht. Nissenbaum grinste spöttisch. „Ich wusste es. Sie kommen doch von Brockmann. Sie wollten mir mit der Polizeisache Angst einjagen. Dabei weiß die Polizei gar nichts. Nicht das geringste. Weil ich brav zahle. Aber eines sage ich Ihnen. Mehr werde ich den Brockmanns nicht geben. Und jetzt raus hier."

„Sie sehen das ganz falsch", sagte Archibald. „Ich will doch nur wissen, warum ..."

„Raus hier habe ich gesagt", schrie Nissenbaum wutentbrannt. „Wenn Sie jetzt nicht sofort den Wagen verlassen ..."

Archibald hatte keine Wahl. Er musste sich geschlagen geben. Ein paar Sekunden später stand er auf dem Platz, und das Taxi brauste davon. Der Flughafen war schätzungsweise vier Kilometer entfernt. Der Professor seufzte und begann seinen Fußmarsch zur nächsten Bushaltestelle. Es würde ein harter Weg sein.

Kurz vor Dienstschluss betrat er Barbaras Büro. Die Kommissarin war gerade dabei, vor dem Spiegel über dem Waschbecken in der Ecke ihr dunkles, halblanges Haar zu bürsten.

„Hallo Archibald", begrüßte sie ihn. „Ich bin praktisch schon weg. Ich habe gleich eine Verabredung zum Essen."

Sie wandte sich wieder dem Spiegel zu, schüttelte prüfend die Haare und zupfte noch einmal kurz an ihrem Pullover herum. „Deswegen habe ich leider überhaupt keine Zeit für dich", fuhr sie fort. Sie nahm ihre Tasche, bereit an Archibald vorbei nach draußen zu gehen.

„Es ist doch was Kriminelles", brummte der Professor.

Barbara blieb stehen. „Wie bitte?", fragte sie.

„Du hast ganz richtig gehört. Ich sagte: Diese Sache, die ich ermittle, ist doch was Kriminelles."

Die Kommissarin erstarrte, runzelte kurz die Stirn und sah Archibald nachdenklich an. Er wusste, was in diesen Momenten in ihr vorging. Ihr war klar, dass der Professor mit so was keine Witze machte. Und sie war der Typ, der ein privates Treffen einer dienstlichen Sache immer unterordnete. Was schade war, wie auch Archibald fand. Barbaras Privatleben war ein einziges Chaos, und sie litt darunter. Wenn sie es auch kaum zeigte.

„Entschuldige mich einen Moment", sagte sie. „Ich muss mal eben telefonieren."

Zwei, drei Minuten hörte er sie auf dem Gang in ihr Handy sprechen. Es war nicht genau zu

verstehen, was sie sagte, aber einzelnen Wort-
fetzen konnte Archibald entnehmen, dass sie
mit viel Mühe und Beschwichtigung ihre Verabredung verschob.

Schließlich kam sie zurück und setzte sich an
ihren Schreibtisch.

„Ich höre", sagte sie.

Archibald blieb am Fenster stehen und betrachtete den Feierabendverkehr, der sich zu
Füßen des Polizeipräsidiums aufstaute.

„Dieser Brockmann ist immer noch im Drogenhandel aktiv", sagte der Professor.

„Und weiter?"

Er sah Barbara an. „Wie – und weiter?"

„Was hast du damit zu tun?"

„Das kann ich dir nicht sagen."

Sie sagte: „Das musst du aber, mein Lieber."
Genüsslich sah sie ihn an.

„Ich habe Brockmann verfolgt. Ich habe gesehen, wie er am Flughafen Drogen in Empfang genommen und weiterverkauft hat. Reicht
das nicht?"

„Nein, Archibald, das reicht nicht. Ich will
wissen, warum du das getan hast. Wieso ver-
folgst du irgendwelche Ex-Knackis, die eventuell wieder rückfällig werden?" Er überlegte und
überlegte. Nein, er hatte Jana ein Versprechen
gegeben. Wenn die Polizei allerdings selbst
drauf kam, konnte er nichts machen. Dann war

es nicht seine Schuld, wenn Nissenbaum da reingezogen wurde.

„Muss ich das wirklich sagen?"

Sie sprang von ihrem Stuhl auf. „Verdammter Mist, natürlich musst du das. Erstens ist es deine Pflicht als Staatsbürger. OK, das klingt hochtrabend, aber es ist so. Zweitens habe ich gerade ein Date mit einem Typen abgesagt, in dessen Nähe die Luft brennt. Wenn du verstehst, was ich meine. Und er wollte sich mit mir zum Essen treffen. Mit mir verstehst du? Und da ist es deine verfluchte Pflicht, schon aus Gründen der Freundschaft und der gegenseitigen Hilfe, dass du ..." Sie holte Luft, und Archibald nutzte die Gelegenheit, sie zu unterbrechen.

Sie hatte sich richtig in Rage geredet. In einer solche Situation war sie kaum zu bremsen.

„Aber diese Information über Brockmann – die hilft euch doch schon, oder nicht? Ich meine, das ist doch genau das, was du brauchst ..."

Barbara, erschöpft von ihrem plötzlichen Ausbruch, ließ sich in den Stuhl fallen.

„Hast du nicht mehr zu berichten?"

„Erst mal nicht."

„Du hast es sicher gut gemeint", sagte sie. „Aber leider ..."

„Leider wissen wir das alles schon. Ich habe es selbst erst nach deinem Anruf heute erfahren." Sie stand wieder auf. „Komm mit und lass uns gehen."

Barbara führte ihn auf eine andere Etage des Präsidiumsgebäudes. Dort befanden sich die Büros des Drogendezernats. Sie betraten ein Büro, wo ein rothaariger Kollege von Barbara saß, den sie als Hauptkommissar Redlich vorstellte. Sie bat ihn, Archibald über den Stand der Ermittlungen zu unterrichten.

„Wir wissen, dass Brockmann wieder mit Stoff handelt", sagte Redlich. „Wir verfolgen ihn auf Schritt und Tritt und dokumentieren sogar seine Deals. Wir zeichnen das natürlich alles auf."

Der Hauptkommissar öffnete auf dem Computer ein Fenster, klickte mit der Maus und setzte ein Video in Gang.

„Heute war er ja wieder auf dem Parkplatz auf der Wahner Heide", sagte er und deutete auf den Monitor. „Einer seiner beliebtesten Plätze, um seine Weiterverkäufer zu treffen."

Archibald erkannte die Szenerie wieder. Es war genau der Deal, bei dem er dabei gewesen war. Er konnte sogar seinen Mercedes erkennen, der im Hintergrund durchs Bild rollte, be-

vor er auf den Parkplatz abbog. Auch Brockmann und der Mann mit dem Hund waren perfekt zu erkennen.

„Aber ich habe ...", begann Archibald. Ich
habe gar keine Polizisten gesehen, hatte er sagen wollen. Doch dann fiel ihm etwas ein. Der
Blickwinkel passte perfekt zu dem schwarzen
Wagen von der Reinigungsfirma.

„Der Lieferwagen ist ein Undercoverfahrzeug
gewesen stimmt's? Da genau war die Kamera
drin."

Redlich grinste nur.

„Ja, so arbeitet die Drogenfahndung", sagte
Barbara. „Die Kollegen haben dich auch erkannt, aber sie konnten natürlich nicht mit dir
sprechen. Sonst wäre ja alles aufgeflogen."

„Aber warum nehmt ihr diese Dealer nicht
fest?", rief der Professor. „Das sind doch Be-
weise genug! Und jede Sekunde zählt. Jetzt sind
sie schon in Köln und verkaufen den Kram
weiter."

„Natürlich", sagte Redlich. „Da haben Sie
schon recht. Aber Brockmann, der andere Typ
hier und die LKW-Fahrer vom Flughafen sind
ja letztlich kleine Fische. Wir werden erst aktiv,
wenn wir genug beisammen haben, um an die
großen ranzukommen."

Redlich setzte sich. „Wir haben alles mögliche", erklärte er. „Fotos, Telefonmitschnitte,

Videos. Das Problem ist, dass die richtig großen Drogenbosse nicht immer wie Manager im wirklichen Geschäftsleben auftreten. Sie können sich hinter allen möglichen Masken verstecken. Sie agieren als angebliche Postboten, als Verkäufer, als Pizzaboten, zufällige Passanten. Manchmal sogar als Taxifahrer. Es kann zum Beispiel sein, dass der Mann mit dem Hund eine viel größere Rolle spielt, als wir wissen. Und das müssen wir erst mal herausfinden."

„Taxifahrer?", fragte Archibald.

Redlich sah ihn verwirrt an. „Ja, natürlich. Da haben wir gerade so einen Fall gehabt ..."

„Was für einen Fall?"

„Wieso interessiert dich das plötzlich?", fragte Barbara. Archibald antwortete nicht. Er blickte zur Seite.

„Ich bin mir nicht sicher, was wir davon halten sollen", sagte Redlich. „Schauen sie sich das hier mal an." Er lächelte. „Barbara hält ja große Stücke auf Sie wegen Ihrer Fantasie und Ihrer Kombinationsgabe. Vielleicht fällig Ihnen dazu was ein."

Er startete eine andere Datei. „In diesem Film trifft Brockmann einen Taxifahrer – aber nicht im Wagen, sondern bei ihm zu Hause. Er besucht ihn privat. Komischerweise macht er das auf ganz seltsame Art. Schauen Sie selbst."

Archibald verfolgte gebannt die Videoaufzeichnung. Zu sehen war der Eingangsbereich eines Mietshauses. Es war eine wesentlich gepflegtere Gegend als die, wo Brockmann wohnte.

Nun kam Brockmann ins Bild. Er ging nicht zu Fuß, sondern er fuhr in einem Rollstuhl.

„Was ist denn mit ihm?", fragte Archibald. „Wieso kann er nicht gehen?"

„Das wissen wir nicht. Er hat keine Verletzung erlitten, die den Rollstuhl nötig machen würde. Er wurde von keinem Arzt behandelt, er hat seine Krankenkasse nicht in Anspruch genommen. So was überprüfen wir nämlich auch. Ich muss allerdings auch sagen, dass wir zu dieser Zeit erst begonnen haben, ihn zu überwachen. Die Aufnahme ist fast ein Jahr alt."

Brockmann erhob sich leicht aus dem Rollstuhl, und es wirkte, als würde es ihm unendliche Mühe bereiten. Er drückte auf eine Klingel. Nach einer Weile ging die Tür auf, und Nissenbaum stand im Eingang. Die beiden unterhielten sich eine Weile. Nissenbaum gab Brockmann etwas und ging wieder ins Haus. Kurz darauf rollte Brockmann aus dem Sichtbereich.

Weg war er.

„Wir haben herausgefunden, dass es sich bei dem Mann um einen Kölner Taxifahrer handelt", sagte Redlich. „Er hat nach unseren Erkenntnissen aber nichts mit Brockmanns Drogengeschäften zu tun. Ich weiß nicht, ob sie es sehen konnten, aber er hat Brockmann gerade ein paar Geldscheine in die Hand gedrückt."

Archibald war so erschrocken, als er Nissenbaum auf dem Video sah, dass er nicht richtig zugehört hatte.

„Was sagen Sie da?", rief er.

„Er hat gesagt, der Mann da habe nichts mit den Drogengeschäften zu tun", wiederholte Barbara. „Und er hat ihm Geld gegeben. Mensch Archibald, was ist denn mit dir los? Du bist ja ganz aufgeregt".

„Danke für die Informationen", rief der Professor, der es plötzlich sehr eilig hatte. „Ich muss jetzt leider gehen."

„Aber wir haben doch gerade erst angefangen", sagte Redlich. „Ich dachte, Sie könnten uns helfen. Wir haben uns doch wirklich Mühe gegeben."

„Später", rief Archibald und strebte dem Ausgang zu.

„Ich habe extra mein Date abgesagt ...", hörte er Barbaras Stimme, als er auf den Gang trat. „Das kannst du doch nicht machen.Du musst doch ..."

„Ich melde mich heute Abend noch ...", rief er. „Ganz sicher."

„Soll das jetzt etwa heißen, dass wir auf dich warten sollen, oder was?", maulte Barbara. Aber das konnte Archibald schon fast nicht mehr hören.

Es war kurz vor acht am Abend, als der Professor bei Nissenbaums klingelte – an derselben Haustür, die Archibald eben noch auf dem Video gesehen hatte.

Es summte, der Professor betrat den Hausflur und ging eine Etage höher.

„Ach Sie sind's", sagte Jana Nissenbaum. „Ich dachte, es wäre Marcel und er hätte den Schlüssel vergessen oder so was. Ja, das dachte ich."

„Ich glaube, ich habe die Lösung", sagte der Professor.

„Hätten Sie mich deswegen nicht anrufen können? Oder wir treffen uns wieder in dem Café. Mein Mann soll ja nicht …"

„Er wird nicht erfahren, dass Sie mich beauftragt haben. Wenn Sie es ihm nicht erzählen. Meiner Meinung nach sollten Sie das tun, aber das ist Ihre Sache."

„Er kommt jeden Moment. Wie soll ich erklären, dass Sie hier sind?"

„Sie kennen mich gar nicht. Das heißt, ich habe mich gerade bei Ihnen vorgestellt und bin hier, um Ihren Mann zu sprechen. Ich bin Berater der Polizei. Hören Sie einfach zu. Und erschrecken Sie nicht, wenn Sie erfahren, dass Ihr Mann in eine Polizeisache verwickelt ist."

„Etwas Kriminelles? Um Gottes Willen!"

„Nicht so, wie Sie denken. Alles wird gut."

Jana Nissenbaum und er waren ins Wohnzimmer gegangen. Erst jetzt nahm Archibald den Duft nach Essen wahr, der aus der benachbarten Küche drang. Durch eine Tür sah er, dass in einem Topf etwas rotes kochte. Dem Geruch nach war es eine wunderbare Pastasoße. In einer Nische im Wohnzimmer war ein Esstisch gedeckt. Sogar eine Flasche Rotwein stand auf dem Tisch.

Archibald hoffte, dass er mit seinem Verdacht richtig lag. Eigentlich täuschte er sich in dieser Hinsicht selten.

Dann würden die Nissenbaums in kurzer Zeit ihr Essen genießen können.

Ein Schlüssel knirschte im Schloss, die Wohnungstür ging auf. „Hallo Schatz", rief Nissenbaum und kam ins Wohnzimmer.

Als er Archibald sah, verfinsterte sich seine Miene.

„Was machen Sie denn hier?"

„Ich ..?

„Hallo Schatz", sagte Jana. „Das ist Herr Professor Winter. Er arbeitet für die Polizei. Er wollte dich sprechen."

Nissenbaum lachte höhnisch? „Polizei? Von wegen. Und jetzt bezeichnen Sie sich auch noch als Professor?"

„Sie brauchen sich keine Sorgen zu machen", sagte Archibald. „Ich bin nicht hier, um Ihnen irgendeine Schuld nachzuweisen, sondern exakt im Gegenteil. Ich glaube, dass Sie Opfer einer dreisten Erpressung geworden sind – und das ganz zu Unrecht."

„Ich will mir das nicht anhören. Jana, du hättest dir von dem Herrn mal einen Ausweis zeigen lassen sollen. Dann hättest du gemerkt, dass er lügt. Er will nur Geld von uns, sonst nichts."

„Aber Marcel …"

„Gehen Sie jetzt", rief er. „Sonst …"

„Holen Sie sonst die Polizei?", sagte Archibald. „Das werden Sie nicht tun. Denn dann käme ja heraus, dass Sie in irgendeine Art Unfall mit Brockmann verwickelt waren. Oder etwa nicht?"

„Unfall?" Nissenbaum versuchte erstaunt zu klingen, aber es gelang ihm nicht. Er setzte sich auf einen der Stühle am Esstisch und ließ den Kopf hängen.

Spielte er ihnen etwas vor?

„Sie glauben, Sie wären Brockmann was schuldig", sagte der Professor.

Nissenbaum schwieg. Jana sah ihn erschrocken an. „Was meint der Professor? Nun spuck's schon aus.

Er sah auf. „Weißt du es etwa?", fragte er.

Jana wirkte noch erschrockener.

„Dass du dieser Frau Brockmann Geld überweist? Ja, das weiß ich. Und nun sag, was dahintersteckt."

„Ich habe einen Fehler gemacht und muss eben dafür bezahlen. Geschehen ist geschehen. Niemand kann mir dabei helfen."

„Was für ein Fehler", fragte Jana.

„Nein ... Es geht um einen Unfall. Er geschah gerade, als ich mit dem Taxifahren anfing. In der Nähe vom Flughafen. Ich habe Herrn Brockmann angefahren und bin abgehauen. Die Brockmanns haben mich aber ausfindig gemacht. Sie haben behauptet, sie hätten Fotos von dem Unfall. Und sie würden dafür sorgen, dass ich meinen Job verliere. Fahrerflucht. Körperverletzung ... Jemand, dem so was angelastet wird, ist als Fahrer erledigt."

„War denn dieser Brockmann ernsthaft verletzt?", fragte Jana.

„Allerdings. Ich bin schnell gefahren. Hatte es eilig, weil ich jemanden am Flughafen abholen musste. An einem Fußgängerüberweg habe ich nicht aufgepasst." Nissenbaum stockte in seiner Rede. Da lief mir der Mann vor das Auto. Und ich bin abgehauen. Er hat es überlebt. Aber er sitzt im Rollstuhl. Er ist sogar mal hier gewesen."

„Das ist ja furchtbar." Jana sah Archibald verzweifelt an.

„Brockmann", sagte der Professor, „ist ein vorbestrafter Drogenhändler, der im Visier der Polizei steht. Als Sie ihn angefahren haben, hat er gleich zwei Fliegen mit einer Klappe geschlagen. Er selbst konnte nicht zur Polizei gehen, weil er bei Ihrem Zusammentreffen gerade einen Drogendeal durchführte. Aber er war clever genug, um daraus noch Kapital zu schlagen."

„Es ist mir egal, ob der Mann kriminell ist oder nicht", sagte Nissenbaum. „Ich habe ihn angefahren, er ist verletzt und hat Anspruch auf Wiedergutmachung." Er wandte sich an Jana. „Es tut mir wirklich leid, aber ich werde Sonderschichten fahren, um das zu bezahlen. Vielleicht finde ich sogar noch einen Zweitjob …"

„Sie meinen diesen Brockmann hier?", unterbrach Archibald und hielt Nissenbaum sein Handy vor die Nase.

Darauf lief das Video, dass der Professor bei Brockmanns Rückkehr vom Joggen gemacht hatte.

„Ja", sagte Nissenbaum. „Das ist er. Aber wo ist der Rollstuhl?"

„Keine Ahnung", sagte Archibald. „Sicher ist, dass er keinen braucht. Er war in den letzten anderthalb Jahren nicht beim Arzt und auch in keinem Krankenhaus. Im Gegenteil – der Mann ist eine Sportskanone. Er hat Sie schlicht und ergreifend reingelegt. Und ausgenutzt, dass Sie neu in dem Job waren – und ängstlich, ihn wieder zu verlieren. Das war es, was ich Ihnen sagen wollte. Stellen Sie Ihre Zahlungen ein. Darüber hinaus gibt es sogar die Chance, dass Sie Ihr Geld zurückbekommen. Dabei kann ich Ihnen helfen, wenn Sie wollen. Überlegen Sie es sich." Er deutete auf den gedeckten Esstisch. „Bei einem schönen Abendessen denkt es sich sehr gut."

Damit verabschiedete er sich.

Am nächsten Tag führte er ein ausführliches Telefongespräch mit Jana. Sie und Marcel hatten alles besprochen. Natürlich wollten sie gegen Brockmann vorgehen und sich die fast 7000 Euro, die Nissenbaum gezahlt hatte, zurückholen.

So wählte Archibald Barbaras Nummer.

„Ach, hat es sich der Herr endlich überlegt, uns weiter zu unterstützen?", fragte sie. „Oder bleibst du weiter ein Geheimniskrämer?"

„Ich denke, jetzt kannst du erfahren, was euer Brockmann noch so auf dem Kerbholz hat", sagte Archibald.

Und er begann zu berichten.

Archibald und der Schmuck des Supermodels

Als das Telefon klingelte, stand Professor Archibald Winter gerade vor seinem riesigen Bücherschrank, der eine ganze Längswand seines Wohnzimmers einnahm, und hielt den Kopf schräg. Er hatte Lust auf Lektüre, und am liebsten waren im die großen klassischen Kriminalromane.

So ließ er den Blick über die Buchrücken gleiten – über die lange Reihe der Maigret-Krimis von Georges Simenon, der Sherlock-Holmes-Romane von Arthur Conan Doyle, die Venedig-Krimis von Donna Leon, und schließlich fasste er einige Krimis aus der Region, in der er lebte, ins Auge. Aus dem Bergischen Land – der Gegend östlich von Köln.

Er fand es überhaupt nicht langweilig, einen guten Kriminalroman mehrmals zu lesen. Auch wenn er die Auflösung schon kannte, bereitete es ihm trotzdem Genuss, den raffinierten Techniken nachzuspüren, mit denen der Autor oder die Autorin Indizien und Spuren andeutete. Es machte einfach Spaß.

Er zog den Klassiker „Mord im Orientexpress" von Agatha Christie heraus. Das Buch war ziemlich zerfleddert. Archibald kannte ganze Passagen auswendig, und natürlich hatte er auch den berühmten Film mit Peter Ustinov in der Rolle des Privatdetektivs Hercule Poirot gesehen. Mindestens fünf Mal. Das Buch hatte er wesentlich öfter gelesen. Er las lieber, als dass er Filme sah.

Er schlug die erste Seite auf – und da unterbrach das Telefonklingeln die mußevolle Stille.

Archibald seufzte. Jetzt, am Vormittag, konnte das nur eine ganz bestimmte Person sein.

„Hallo Barbara", meldete er sich.

Sie hüstelte etwas nervös.

„Ich muss deine Lektüre, deinen Genuss von klassischer Musik oder was auch immer du gerade tust, unterbrechen. Es sei denn, du willst bei dem neuen Fall nicht dabei sein."

Barbara Bruhns war Kommissarin bei der Kölner Polizei. Archibald durfte gelegentlich mit ihr zusammen Detektiv spielen. Es war seine größte Leidenschaft. Abgesehen vom Lesen und vom Musikhören.

Der Genuss von edlen Weinen gehörte natürlich auch noch dazu. Es war gar nicht so leicht, eine Rangfolge dieser Vorlieben aufzustellen, aber die Detektivarbeit an Barbaras Seite stand schon ziemlich weit oben. Archibald hatte in seiner Zeit als Literaturprofessor an der Kölner Universität mit Krimivorliebe immer davon geträumt, selbst einmal in die Fußstapfen der berühmten Ermittler zu treten. Jetzt, im Ruhestand, hatte er seinen Traum verwirklicht und in Erfüllung gehen lassen.

„Ein Mord?", fragte er.

„Nein, Diebstahl. Aber bei einer sehr prominenten Person."

„Oh, vielleicht bei einer Opernsängerin? Oder einem berühmten Dirigenten?"

Barbara lachte. „Was du für Vorstellungen von Prominenten hast …"

„Oder geht's etwa um einen Schlagersänger?" Archibald rümpfte unwillkürlich die Nase. Mit der leichten Muse hatte er es nicht. „Und warum ermittelst du in diesem Fall überhaupt? Du bist bei der Mordkommission."

„Erste Frage: Lass dich überraschen. Zweite: Personalmangel Ich hol dich ab. Dann fahren wir zusammen hin. Bis gleich."

Archibald war nicht begeistert, als er erfuhr, dass es sich bei der prominenten Person um Sarina Berger handelte – ein blondes Model, das vor einem halben Jahr einen großen Fernsehwettbewerb gewonnen hatte.

Es war diese berühmte Sendung, in der eine andere Berühmtheit, die Archibald ebenfalls wenig sagte, ständig nach neuen jungen Frauen für den Laufsteg suchte und sie in einem monatelangen Auswahlverfahren gegeneinander antreten ließ.

„Schau", sagte Barbara, die am Steuer saß. „Hier siehst du sie. Und hier. Und hier. Es wundert mich, dass sie dir noch nicht aufgefallen ist. Ganz Deutschland spricht über sie."

Sie waren schon an zig Plakatwänden vorbeigekommen, die Sarina Berger als Werbefigur für irgendeine Modefirma zeigten. Sie stand in einem silberglänzenden Minikleid, das wie aus strahlendem Metall gefertigt wirkte, vor einem himmelblauen Hintergrund, und schien ihr blondes Haar zu schütteln.

„Ganz Deutschland garantiert nicht", brummte Archibald. „Ich habe mich jedenfalls noch nie mit jemandem über sie unterhalten. Bis vorhin kannte ich noch nicht mal ihren Namen. Ehrlich gesagt geht mir die Frau jetzt schon auf die Nerven. Wie kann man nur so eitel sein und mit seinem eigenen Erscheinungsbild eine ganze Stadt verschandeln? Und nun treffen wir sie auch noch persönlich."

Barbara ließ sich von seinem Unmut nicht anstecken. Sie wusste, dass Archibald seine Abneigung gegen den Kommerz, Werbung und alles, was damit zusammenhing, ganz gerne kultivierte und sich dann hineinsteigerte.

„Du hättest ja nicht mitzukommen brauchen", grinste sie. „Du bist es ja, der immer Detektiv spielen will."

„Ach, das ist halt nur nicht meine Welt."

„Ich verstehe. Dir fehlen Informationen. Die kann ich dir gerne geben. Natürlich nicht, um dich zu einem Fan dieser Top-Model-Sendung zu machen, sondern weil es für den Fall wichtig sein könnte."

„Natürlich", sagte Archibald.

„Sarina Berger hat vor einem halben Jahr den Vertrag bei der Modefirma Romina unterschrieben. Das Foto, das du auf den Plakatwänden siehst, wurde erst vorgestern gemacht. In Berlin. Das Fernsehen hat alles live begleitet. Das Kleid wurde auch erst am Tag der Sendung fertiggestellt und als große Überraschung präsentiert. Es ist wahnsinnig wertvoll. Allein, um diese Pailletten anzunähen, haben …"

Archibald stöhnte. „Ist ja schon gut. Wie gesagt. Das ist nicht meine Welt. Und wenn das alles für den Fall wichtig werden sollte, hole ich das nach. Aber verschon mich jetzt bitte damit." Er räusperte sich. „Aber sag mal, woher weißt du das alles so genau? Hast du das im Fernsehen verfolgt?"

„Warum nicht? Ich habe die ganze Supermodelstaffel gesehen, an deren Ende Sarina Berger schließlich gewonnen hat. Es sind nicht alle so weltfremd wie du."

„Weltfremd?", fuhr Archibald auf. „Ist man weltfremd, wenn man sich nicht mit solchem oberflächlichen Kram ablenkt, anstatt sich mit den wirklich guten Dingen des Lebens zu befassen? Muss man mit ansehen, wie junge Leute, anstatt sich ordentlich auszubilden, lernen wie man auf einem Laufsteg herumstöckelt?"

„Das mag dir oberflächlich vorkommen, mein Lieber. Und was die Bildung betrifft: Sarina Berger hat ein Abitur von 1,2. Und als sie das Casting für die Sendung gewann, hatte sie gerade angefangen Betriebswirtschaft zu studieren."

Er versank in ein unverständliches Grummeln. Schließlich bogen sie in die Straße ein, wo Sarina Berger wohnte.

Ein großes Tor stand offen, und ein geschwungener Weg führte zu einem weißen, modernen Haus mit großen Fenstern, das man von der Straße aus nicht einsehen konnte. Als sie auf dem großen Vorplatz parkten, fuhr gerade ein Kombi davon. Der Mann auf dem Fahrersitz hob grüßend die Hand. Auf dem Wagen war die Firmenbezeichnung „Stil & Design" zu lesen. Es handelte sich um einen Innenarchitekten.

Die junge Frau, die an die Tür kam, war kaum als die Frau zu erkennen, die ihnen in x-facher Ausfertigung auf den Werbeplakaten begegnet war. Sie war ungeschminkt, trug ein rosa Sweatshirt und Jeans mit Turnschuhen. Das Haar hatte sie mit einem Gummi zu einem Pferdeschwanz gebändigt, was sie wie eine junge Schülerin oder Studentin wirken ließ. Barbara stellte sich und Archibald vor. Archibald verneigte sich leicht.

„Ah, da bin ich aber froh, dass Sie so schnell kommen konnten", sagte sie. „Das ist wirklich eine ärgerliche Angelegenheit. Ich hoffe, Sie können mir helfen."

Sie führte Barbara und Archibald durch ein großes Wohnzimmer mit Fliesenboden, vorbei an einem riesigen Flachbildfernseher und einer weißen, u-förmigen Sitzgarnitur. Kein einziges Buch, dachte Archibald. Dafür gab es eine Bar mit verspiegelter Theke. Ihr gegenüber bedeckte das Werbefoto, das auf allen Plakaten zu sehen war, die Wand. Es nahm die gesamte Höhe ein und wirkte in dieser Umgebung geradezu monströs.

„Wie ich ja schon gesagt habe, wurde bei mir eingebrochen. Stellen Sie sich das vor. Dabei wohne ich noch gar nicht so lange hier."

Archibald warf Barbara einen strengen Blick zu, der sagen sollte, dass er die seltsame Logik der jungen Frau missbilligte. Was hatte ein Einbruch damit zu tun, wie lange man irgendwo wohnte? Doch Barbara reagierte nicht.

„Und sie haben mich beklaut", berichtete Sarina Berger weiter. „Mein Schmuck wurde gestohlen. Dabei hänge ich an doch so an ihm."
Plötzlich wurde ihr Gesicht, das eben noch

ganz fröhlich und unbeschwert gewirkt hatte, traurig. Sie sah zu Boden, und es sah aus, als würde sie gleich in Tränen ausbrechen.

Archibald kam das vor wie eine schlechte Schüleraufführung. Oder war diese gekünstelte Körpersprache bei Leuten, die sich in der Medienwelt bewegten, normal?

Von dem Wohnzimmer ging es durch einen breiten Durchgang in eine moderne Küche, die ganz in Grautönen gehalten war. Das Model öffnete die aus gebürstetem Aluminium gefertigte Kühlschranktür.

„Hier, schauen Sie", sagte sie. „Da drin hatte ich eine Perlenkette und einen goldenen Armreif versteckt. Das Versteck war wohl nicht raffiniert genug. Jedenfalls sind sie ganz schnell dahintergekommen."

„Sie?", fragte Archibald. „Gibt es denn einen Hinweis darauf, dass es mehrere Täter waren?"

Sarina Berger sah ihn irritiert an. „Das weiß ich natürlich nicht. Das habe ich einfach so gesagt. Vielleicht war es auch nur einer."

„Oder es war eine Täterin", ergänzte Archibald.

Sie blickte noch irritierter.

Innerlich hatte er jetzt endgültig das Urteil über die Intelligenz dieses Glamourwesens gefällt. Sie mochte das Abitur mit Auszeichnung bestanden haben und sogar zur Universität gegangen sein. In seiner Zeit als Professor hätte sie jedenfalls keine gute Figur gemacht, so viel war klar.

„Haben Sie denn keinen Safe?", fragte Barbara.

Sarina Berger seufzte. „Leider habe ich das Haus ja erst vor einem Monat bezogen und noch keine Zeit gehabt, einen einbauen zu lassen."

Archibald musterte sie aufmerksam.

„So was ist aber wichtig, wenn man so wertvolle Dinge in seiner Wohnung hat", sagte Archibald mahnend.

„Immerhin hatte ich ja ein besonderes Versteck. Ich habe niemandem etwas davon gesagt. Nur ich wusste, dass der Schmuck im Kühlschrank war. Und ich hatte so viel zu tun, da konnte ich mich nicht um einen Safe kümmern. Sie können sich nicht vorstellen, wie stressig so ein Model-Leben ist. Die letzten drei Wochen war ich unterwegs. Erst in Paris, dann in Mailand, dann in Berlin. Da ging es dann um die Romina-Kampagne. Ich bin erst gestern Abend nach Hause gekommen." Sie deutete auf das große Bild: „Das habe ich von der Reise mitgebracht. Sie haben das Motiv sicher in der Stadt gesehen.

Das war eine Aktion, die zeitlich ganz genau abgestimmt war. Die Herstellung des Kleides, die Planung der Fernsehtermine, meines Auftritts, die Buchung der Werbeflächen."

Archibald fiel auf, dass Sarina Berger den Genitiv korrekt verwendete, was ihn wieder ein wenig mehr für sie einnahm. Er hatte Germanistikstudenten gehabt, denen das noch im zweiten Semester nicht gelungen war.

„Ich habe das Bild selbst erst vorhin geliefert bekommen. Und es auch gleich von einem Innenarchitekten aufhängen lassen. Das Bild ist eine wichtige Erinnerung für mich. Die Romina-Kampagne war mein erster großer Job, nachdem ich die Challenge gewonnen hatte."

„Die was?", fragte Archibald.

„Den Wettbewerb", übersetzte Barbara.

„Ich liebe den Schmuck sehr", redete Sarina Berger weiter. „Als ich die Challenge …" Sie unterbrach sich und sah Archibald stirnrunzelnd an. „Ich verstehe schon", sagte der Professor. „Als ich gewonnen hatte, bekam ich die Sachen von einem Verehrer geschenkt. Das fand ich irgendwie süß."

„Was genau meinen Sie mit Verehrer?", fragte Barbara.

Sie hob die Schultern. „Na ja, ein Fan, der mich bewundert. Der mir eine Freude machen wollte."

„Ein Freund?", fragte Archibald nach. „Ein Partner? Ein Lebensgefährte?"

„Nein, nein. Verstehen Sei denn nicht? Es war einfach jemand, der mich in der Staffel toll fand und mir auf diese Weise zu meinem Sieg gratulierte."

„Haben Sie ihn jemals persönlich getroffen?", wollte Barbara wissen.

„Spielt das eine Rolle? Nein – er hat mir nur den Schmuck geschickt. Mit einer freundlichen Karte. Weiter war da nichts."

„Aber Sie wissen, wer es war?"

Sie nickte.

„Ja, sicher, ich habe mich ja schriftlich bedankt. Aber wieso ist das wichtig? Es geht doch eher darum, die Einbrecher zu fangen, oder nicht?"

„Es geht darum, dass wir über den Käufer des Schmucks herausfinden können, was er wert ist", erklärte Barbara. „Insofern ist das schon eine wichtige Information. Sie werden uns Namen und Anschrift des Verehrers, wie Sie ihn nennen, geben müssen."

Sarina Berger biss sich auf die Lippen. „Eigentlich ist mir das nicht so recht. Es ist mir peinlich, wenn er erfährt, dass der Schmuck weg ist."

„Sie können ja nichts dafür", sagte Archibald.

„Und er wird sicher verstehen, dass wir mit Hilfe dieser Informationen den Schmuck leichter wiederbeschaffen können", ergänzte sie.

Sarina Berger nickte. „Also gut. Aber um eines muss ich Sie wirklich ganz dringend bitten. Die Presse darf nichts davon erfahren. Hinter mir steht eine ganze Firma von PR-Beratern. Jede Information, die über mich an die Medien kommt, wird genau geprüft. Denen habe ich das mit dem Diebstahl natürlich mitgeteilt, aber wir haben uns auf die ganz klare Ansage geeinigt, dass so etwas im Moment nicht bekannt werden darf."

„Von uns erfährt niemand etwas", sagte Barbara. „Wir brauchen aber auf jeden Fall Fotos von den Stücken".

„Habe ich. Schon wegen der Versicherung." Sie verließ den Raum und holte die Bilder. Man sah, dass sie für die Aufnahmen die Kette und das Armband auf den Fußboden des Wohnzimmers gelegt hatte.

„Sie können sie mitnehmen. Ich kann Kopien am Computer ausdrucken."

„Dann schauen wir uns jetzt die Einbruchspuren an", sagte die Kommissarin.

Das Model führte sie vom Flur aus durch eine kleine Tür in den Keller. Dort gab es gläserne Oberlichter. Eines davon war zerbrochen.

„Ich habe alles so gelassen, wie es war", sagte Sarina Berger. „Vorsicht, da liegen noch Glasscherben."

Barbara trat zur Seite.

Tatsächlich war das Glas ordentlich von außen herausgebrochen worden. Die Reste befanden sich auf dem gefliesten Boden. Das Oberlicht war gerade groß genug, dass sich jemand hindurchzwängen konnte.

„Sie haben ja eine Alarmanlage", sagte Barbara und deutete auf ein Kabel an dem Fenster. Es schien alles fachmännisch installiert zu sein, soweit man es erkennen konnte.

„Ja, sicher. Hatte ich das nicht erwähnt? Sie wurde erst vor einer Woche eingebaut. Aber sie scheint nicht losgegangen zu sein."

„Haben Sie hier irgendetwas verändert?"

„Nein. Ich habe ja noch nicht mal die Scherben aufgekehrt."

„Ich schicke Ihnen einen Spezialisten vorbei. Er wird untersuchen, warum es keinen Alarm gab. Dieser Bericht ist auch für die Versicherung wichtig."

„Ist denn sonst nichts gestohlen worden?", fragte Archibald. „Sie haben doch auch wertvolle technische Geräte. Die wären doch für einen Einbrecher auch ein guter Anreiz gewesen."

„Mir ist sonst kein Verlust aufgefallen. Es war sowieso eher Zufall, dass ich gleich nach meiner Rückkehr das kaputte Fenster bemerkt habe. Mir fiel auf, dass die Kellertür nur angelehnt war. Und der Teppich zwischen Wohnzimmer und Küche war ein wenig verrutscht. Dann habe ich etwas aus dem Kühlschrank holen wollen, und da sah ich, dass die Plastikdose mit dem Schmuck weg war. Ich habe dann zwei und zwei zusammengezählt und bin in den Keller gegangen. Da sah ich dann die Bescherung."

„Wann war das genau?", fragte Barbara.

„Na ja, die Sache mit der Tür und dem Teppich habe ich gestern Abend gesehen. An den Kühlschrank ging ich heute Morgen, und kurz darauf habe ich dann das mit dem Fenster bemerkt. Dann habe ich angerufen …"

Sie ließen sich die Fotos des Schmucks und die Informationen über Sarina Bergers Verehrer geben und stiegen wieder ins Auto.

Der großzügige Verehrer des Top-Models hieß Dr. Norbert Feldhoff. Sarina Berger hatte ihnen seinen Brief an sie gezeigt, der bei den teuren Geschenken gelegen hatte. Er schrieb sehr höflich und distanziert. In geradezu altmodischer Weise brachte er zum Ausdruck, dass Sarina Berger ihm die Freude machen solle, die Schmuckstücke anzunehmen.

Es sei ihm, der ja deutlich älter sei als sie, ein Vergnügen, ihrer natürlichen Schönheit das

Strahlen kostbaren Geschmeides hinzuzufügen …

„Das hört sich an, als sei der Mann mindestens hundert", meinte Barbara sarkastisch.

„Nur weil er sich höflich ausdrückt und einer jungen Frau ein Geschenk macht, ohne sie gleich – wie die jungen Leute sagen – anzubaggern? Oder auf andere Weise irgendwelche Hintergedanken äußert?"

„Wenn man sie äußert, sind es keine Hintergedanken mehr", sagte Barbara.

„Da muss ich dir recht geben."

„Und da er sie gerade nicht äußert, glaube ich mal, dass er sie natürlich hat. Das ist sicher so ein alternder Beau, der versucht, sich auf diese Weise an sie ranzuschmeißen."

„Aber er hat doch angeblich gar keinen weiteren Versuch in dieser Richtung unternommen", entgegnete Archibald.

Barbara sah hoch.

„Die Männer sind doch alle gleich, wenn sie so was junges hübsches Blondes vor sich sehen", erklärte Barbara kategorisch.

Der Professor ging selbst in großen Schritten auf die siebzig zu. Und immer, wenn eine Frau sich darüber lustig machte, wenn ältere Männer ihre Bewunderung für jüngere Frauen zum Ausdruck brachten, versetzte ihm das auch einen kleinen Stich. Obwohl er diesen Dr. Feldhoff überhaupt nicht kannte, hatte er das Gefühl, ihn in Schutz nehmen zu müssen. Aber er wollte das Thema nicht vertiefen. Deswegen lenkte er die Aufmerksamkeit der Kommissarin auf etwas anderes.

„Eins muss ich sagen", erklärte er. „So richtig niedergeschmettert wirkte sie auf mich nicht."

„Findest du?"

„Mir kam ihr kleiner Gefühlsausbruch irgendwie gespielt vor. Als wir sie dann zu diesem Dr. Feldhoff befragten, war das alles weg. Einfach verschwunden."

„Sie hat nicht damit gerechnet, dass wir sie danach befragen. Sie schien es gar nicht zu fassen. Und so war sie abgelenkt. Weil sie eben überrascht war. Dass wir mit ihm sprechen wollen, ging ihr gegen den Strich. Ich kann das verstehen."

„Aber das ist doch trotzdem was faul. Auch die Tatsache, dass die Einbrecher sonst nichts mitnehmen. Und das Versteck kennen. Und es ihnen auch noch gelingt, die Alarmanlage zu deaktivieren."

„Vielleicht haben sie die technischen Sachen nicht durch das enge Fenster gekriegt. Und die Haustür war ja abgeschlossen. Und außerdem: Warum sollte sie uns anlügen? Sie hat sicher genug Geld. Und dass der Schmuck weg ist, wird ihr ganz sicher peinlich sein."

Zurück im Präsidium, stellte Barbara noch zwei Schutzpolizisten ab, die in Sarina Bergers Nachbarschaft nach Zeugen suchen sollten. Außerdem beauftragte sie einen Kollegen vom technischen Dienst, sich um die Alarmanlage zu kümmern. Während sie auf die Ergebnisse warteten, setzte sie sich mit ihren Kollegen vom Einbruchsdezernat zusammen. Sie mussten die Bilder des Schmucks an alle Händler herausgeben, die als Ankäufer in Frage kamen. Oft gelangten über solche Wege gestohlene Stücke wieder ans Licht und konnten zu den Eigentümern zurückgelangen – wenn auch die Täter über alle Berge waren.

Archibald war das alles zu langweilig. Er setzte sich in seinen alten Mercedes, um dem ominösen Dr. Feldhoff einen Besuch abzustatten – natürlich nicht ohne sich vorher telefonisch anzumelden. Feldhoff besaß eine dunkle, ruhige Stimme und schien nicht im mindesten überrascht zu sein, dass ihn jemand von der Polizei sprechen wollte. Er erklärte, dass er die nächsten Stunden zu Hause sei, am Abend jedoch plane in die Oper zu fahren.

„Don Giovanni, falls Ihnen das was sagt", erklärte er nicht ohne eine gewisse Arroganz.

„Meiner Meinung nach die schönste Oper, die Mozart zusammen mit seinem Librettisten Lorenz da Ponte geschaffen hat", begann Archibald wie aus der Pistole geschossen loszu-plaudern. „Manche bevorzugen ja Cosí fan tut-te, aber ich denke, mit ‚Don Giovanni' haben sie sich das größere Denkmal gesetzt.

Zumal Mozart damit im Jahr der Uraufführung 1787 zu einem wirklichen Star seiner Zeit wurde."

„Oh, Sie kennen sich aus? Das ist erfreulich. Ja, diese Höhepunkte der Wiener Klassik sind etwas Herrliches ..."

„Wobei man berücksichtigen muss", konnte sich Archibald nicht verkneifen einzuwenden, „dass ‚Don Giovanni' nicht in Wien, sondern in Prag uraufgeführt wurde."

Archibalds Weg führte wieder unzählige Male an dem Werbefotos von Sarina Berger vorbei. Das Ziel war eine von gründerzeitlichen Villen geprägte Siedlung am Rande der Stadt. Alter Baumbestand schmückte die Gärten. Viele Baumkronen beugten sich schon seit mindestens hundert Jahren über die schmiedeeisernen Zäune. Zum Teil gab es weitläufigen Rasenflächen und Gärten.

Als Archibald neben einem hohen Tor klingelte, ertönte ein Summen, und der Professor gelangte über einen mit Natursteinen gepflasterten Weg zum Eingang. Dr. Feldhoff wirkte wie ein biederer Privatgelehrter. Ein ergrauter Bart bedeckte sein Kinn, über das er wie in einem Tic immer wieder strich, während er Archibald durch seine randlose Brille ansah. Die dunkelbraune Farbe seiner Strickjacke über dem Hemd schien genau auf den Ton seiner Cordhose abgestimmt zu sein. In einem Wohnzimmer mit hohen Bücherregalen und Holzfußboden bot er Archibald Kaffee an. Dieses Ambiente war mehr nach dem Geschmack des Professors als das sterile Haus von Sarina Berger.

Als sie Platz genommen hatten, erklärte er, warum er gekommen war.

„Das ist sehr bedauerlich", sagte Dr. Feldhoff und führte seine Kaffeetasse zum Mund. „Wirklich sehr bedauerlich. Aber wie kann ich Ihnen da weiterhelfen?" Er trank einen Schluck und setzte die Tasse wieder ab.

„Zunächst bräuchten wir die Kaufbelege über den Schmuck", sagte Archibald. Er musste ein wenig hüsteln. „Um eine Schätzung zu haben, was er wert ist."

Dr. Feldhoff lehnte sich auf dem gepolsterten Stuhl zurück und faltete die Hände über dem Bauch. „Das wird nicht so einfach sein."

„Und warum nicht?", fragte Archibald.

„Kommen Sie bitte mit. Ich zeige Ihnen etwas." Er stand auf und führte Archibald zwischen Polstermöbeln und mit Bildern geschmückten Wänden in eine andere Ecke. Es war ein Erker mit einer gemütlichen Sitzgelegenheit, einem runden Tisch in der Mitte und einem Fenster, das in den hinteren Garten hinausging. Daneben hingen an der Wand kleine gerahmte Fotos in einer Reihe übereinander. Sie waren schwarz-weiß und zeigten eine junge Frau in verschiedenen Situationen. Auf einem Fahrrad, vor einer Mauer mit einem See im Hintergrund. Und in Paris, was unverkennbar war, weil sich weit hinten der Eiffelturm erhob. Archibald runzelte überrascht die Stirn, als er die Person auf den Bildern näher betrachtete.

„Sie erkennen die Ähnlichkeit auch, oder?", fragte Dr. Feldhoff.

„Das ist aber doch nicht Sarina Berger, oder? Ich meine, sie sieht dieser Frau wirklich sehr ähnlich. Ich denke jedoch, die Fotos sind schon älter."

„Sie sind über 25 Jahre alt. Und sie zeigen meine verstorbene Frau. Viele Jahre, bevor sie an einer unheilbaren Krankheit starb."

„Das tut mir leid", sagte Archibald.

Er zuckte die Schultern

„Es ist lange her und eigentlich fast schon verschmerzt. Ich habe nie mehr geheiratet. Allerdings ..."

„Allerdings was?"

Er sah zu Boden. „Vielleicht halten Sie mich für verrückt. Aber genau an dem Tag, an dem meine Frau starb, kam eine andere Frau zur Welt, die ihr zum Verwechseln ähnlich sieht."

„Sarina Berger."

„Ganz genau. Ich bin eigentlich kein Freund des Fernsehens. Ich beachte auch solche seltsamen Kampagnen wie diesen Modelwettbewerb überhaupt nicht. Aber als vor einiger Zeit Fotos von ihr in den Medien erschienen, konnte man sich dem kaum entziehen. Ich weiß noch genau, wie ich beim Zahnarzt saß und Sarina Bergers Bild auf dem Titel von einer dieser Klatschzeitschriften zu sehen war. Ich habe gedacht, ich träume. Ich dachte, ich sehe Marlene – also meine Frau - vor mir. Es hat mich so bewegt, dass ich den Termin abgesagt habe und nach Hause gefahren bin. Ich habe dann nach anfänglichem Zögern im Internet recherchiert und dann noch diese Übereinstimmung der Daten herausgefunden."

Archibald wollte etwas sagen, aber Dr. Feldhoff kam ihm zuvor. „Ich weiß, was Sie erwidern wollen. Dass das alles Zufall ist. Ich gebe Ihnen recht. So hätte ich auch gedacht. Aber ich habe dann tatsächlich diese Fernsehsendung angeschaut. Habe Sarina Berger gesehen. Und mir eingebildet, es sei Marlene. Als sie dann diesen Wettbewerb gewann, hat mich das so gefreut, dass ich ihr Schmuck von Marlene geschenkt habe. Zu diesem Zeitpunkt war ich vollkommen davon überzeugt, dass sie Marlenes Wiedergeburt ist."

„Sie sagen, Sie waren überzeugt. Sind Sie es nicht mehr?"

„Ich gebe zu, es ist eine gewisse Ernüchterung eingetreten. Vielleicht bin ich doch nur ein alter Narr gewesen."

„Tut es Ihnen leid wegen des Schmucks?"

„Mir tut es leid, dass er gestohlen wurde. Aber ich habe in dem Moment, als ich Sarina Berger den Schmuck schickte, schon die richtige Entscheidung getroffen. Es ist müßig, sich nun noch darüber Gedanken zu machen. Ich werde auch älter, habe keine Kinder und kann den Schmuck niemandem vererben. Warum sollte ihn dann Sarina Berger nicht haben?"

Sie gingen zum Kaffeetisch zurück. Archibald bewegte Dr. Feldhoffs Geschichte. Er konnte den Mann sogar verstehen.

„Sie haben die junge Frau aber niemals persönlich getroffen, oder?", fragte er.

„Natürlich nicht. Ich will das auf keinen Fall. Wissen Sie, wenn man glaubt, dass es eine gewisse Ähnlichkeit auf Fotos oder in Filmen gibt, dann ist das die eine Sache. Wenn man die Person dann wirklich trifft, wird man unweigerlich bemerken, dass diese Person eben nicht die ist, der sie ähnlich sieht. Und wenn man diese wiederum wirklich geliebt hat ... Ich weiß nicht, ob ich das verkraften könnte." Er hob die Tasse, trank Kaffee, setzte die Tasse wieder ab. „Wenn Sie also glauben, ich würde die junge Frau irgendwie belästigen ... wie so ein Stalker ...“

„Nein, das glaube ich Ihnen sofort, dass diese Gefahr nicht besteht", sagte Archibald und lächelte „Ich finde Ihre Haltung sehr weise, und ich bewundere Sie sogar dafür."

Er nickte anerkennend.

„Umso besser. Dann tut es mir leid, dass ich Ihnen nicht helfen konnte."

Archibald überlegte einen Moment. Ihm wurde bewusst, dass sein Blick auf einen Werbeprospekt gefallen war, der auf einem Beistelltisch lag. Das Blatt wirkte in dieser Umgebung schon wegen seiner Buntheit etwas deplatziert. Zumal es auch noch aus einem Stapel mit Büchern über Wolfgang Amadeus Mozarts Opern herausragte. Offenbar hatte sich Dr. Feldhoff damit auf den heutigen Abend vorbereitet.

„Darf ich mir das mal eben ansehen", fragte der Professor und zog den Prospekt heraus. Es war eine Werbung für Alarmanlagen.

„Möchten Sie Ihr Haus vor Einbrechern schützen?", fragte der Professor. „Sarina Berger hat das auch versucht, aber es ist ihr nicht gelungen."

Feldhoff nickte.

„Ich besitze eine Alarmanlage", erklärte Dr. Feldhoff. „Das ist nichts Besonderes, ich stelle die Dinger nämlich her."

Archibald stutzte. „Das müssen Sie mir erklären", sagte er und betrachtete das Blatt genauer. Feldhoffs Name wurde auf dem Impressum nicht erwähnt.

„Nicht die Alarmanlagen selbst, sondern die zugrundeliegende Software, die ermöglicht, dass sie über Videokameras Personen erkennen können und dann selbstständig bei einem Wachdienst anrufen. Ich habe eine Computerfirma."

„Und Sie haben diese Software selbst entwickelt?"

„Oh ja, das ist aber schon fast zwanzig Jahre her. Damals begann der Boom mit diesen Dingen erst, und ich war einer der Pioniere, wenn Sie so wollen. Wir, das heißt die Leute in meiner Firma, entwickeln auch diese neuen Techniken, die Häuser intelligent machen. Für die Heizung, die Wasserversorgung und so weiter. Ich muss gestehen, ich habe mich selbst aus dem operativen Bereich längst zurückgezogen und kann mir einen deutlich verfrühten Ruhestand leisten ..."

„Wären Sie auch in der Lage, eine Alarmanlage durch Computertricks zu deaktivieren?", fragte Archibald. „Um zum Beispiel einen Einbruch zu ermöglichen? Oder wäre das zu schwierig?"

„Es kommt auf die Anlage an ... theoretisch ja ... Worauf wollen Sie hinaus?"

Der Professor sagte nichts mehr, aber Dr. Feldhoff verstand plötzlich, was er meinte.

„Das ist ja eine bodenlose Frechheit", rief er. „Sie wollen mir unterstellen, ich hätte etwas mit dem Einbruch bei Sarina Berger zu tun. Das wäre ja noch schöner!"

„Ich unterstelle gar nichts. Ich frage nur. Ich mache Ihnen doch keinen Vorwurf. Ich wollte nur wissen, ob es prinzipiell möglich ist, ob Sie ..."

„Natürlich machen Sie mir einen Vorwurf. Wer hätte sich denn sonst so genau mit der Alarmanlage ausgekannt? Wer hätte ein Interesse daran, genau diesen Schmuck zu stehlen? Sie glauben, ich hätte es bereut, die Sachen an das junge Model verschenkt zu haben, und Sie glauben, ich hätte auf diese Weise versucht den Schmuck zurückzubekommen. Das unterliegen Sie einem Irrtum."

Archibald hatte das natürlich gedacht, aber das gab er selbstverständlich jetzt nicht zu. Er merkte, dass er zu weit gegangen war.

„Herr Dr. Feldhoff, es tut mir leid ..."

„Ich möchte, dass Sie jetzt gehen. Und zwar sofort. Ich hätte Ihnen das alles gar nicht zu erzählen brauchen, wissen Sie. Wieso hätte ich das tun sollen, wenn ich mich damit verdächtig mache."

„Damit haben Sie vollkommen recht, deshalb ..."

„Gehen Sie jetzt. Raus hier. Sofort."

„Das darf doch nicht wahr sein! Archibald, sag mir, dass das nicht wahr ist!"

Der Professor saß im Polizeipräsidium auf Barbaras Besucherstuhl. Er hatte von seinem Besuch bei Sarina Bergers Verehrer berichtet. Das Ergebnis war, dass er sich einen dicken Rüffel von der Kommissarin einfing.

Sie ließ sich in ihren Bürostuhl fallen und funkelte Archibald böse an. „Als du den Zusammenhang mit der Alarmanlage herausgefunden hast, hättest du mich anrufen müssen. Oder noch besser – du hättest dich einfach verabschieden und herkommen sollen. Den Rest hätten wir dann übernommen."

„Ich habe mich mit dem Mann gut verstanden", versuchte der Professor einen Einwand. „Ich dachte wirklich, er öffnet sich und erzählt mir, dass er den Schmuck selbst gestohlen hat ..."

„Du hast dich mit ihm gut verstanden, weil du es verstehst, dass ältere Herren jungen Models nachsteigen."

„Jetzt wirst du ungerecht, Barbara. Darum geht es überhaupt nicht. Und ich habe dir gerade erklärt, warum Dr. Feldhoff die Sachen Sarina Berger geschenkt hat."

„Ja, das hast du, aber soll ich dir mal was sagen? Ich glaube davon kein Wort. Wir werden das alles nachprüfen. Das Todesdatum von Feldhoffs Frau. Sarina Bergers Geburtstag ... Na ja, der wird leicht rauszufinden sein."

„Ich glaube nicht, dass er mich in dieser Sache angelogen hat", sagte Archibald. „Die Frau auf den Fotos ähnelt wirklich dem Model auf fast unheimliche Weise. Man kann es fast nicht glauben."

„Überlass es uns, herauszufinden, in wie weit Feldhoff lügt oder nicht. Wir müssen jetzt retten was zu retten ist, bevor er irgendwelche Spuren beseitigt.

Archibald schwieg, aber er dacht sich sein Teil. Wenn Feldhoff irgendetwas hätte beseitigen wollen, dann hatte er es sicher schon getan, bevor der Professor bei ihm auftauchte. Und außerdem – wie sollte denn so ein „Verschwindenlassen" aussehen? Würde Feldhoff irgendwelche Programme löschen, die ihn in den Stand versetzten, eine Alarmanlage sozusagen zu „hacken"?

Barbara führte ein kurzes internes Telefonat, und lange zwei Minuten später, in denen sie und Archibald schweigend herumsaßen, kam ein junger Mann im karierten Hemd und in Jeans ins Büro. Unter dem Arm trug er ein Klemmbrett.

„Was macht ihr denn für Gesichter?", rief er fröhlich und grinste breit. „Man könnte fast glauben, die Arbeit macht euch keinen Spaß."

„Hör auf mit deinen Sprüchen, und sag, was du rausgefunden hast", sagte Barbara.

Der Mann hieß Tobias Müller und hatte im Auftrag der Kommissarin Sarina Bergers Alarmanlage überprüft.

„Die haben auf keinen Fall mit irgendeiner Software gearbeitet", sagte er, als Barbara ihm von dem Verdacht gegen Dr. Feldhoff berichtete. „Es lief alles mechanisch ab."

„Und wie genau?", fragte Archibald. „Ich meine, kann man so eine Anlage einfach ausschalten, wenn man irgendwo einbrechen will? Dann hätte sie doch gar keinen Sinn."

Müller sah Archibald kurz an, griemelte ein wenig herum und brach dann in Gelächter aus. „Ha – fast hätten Sie mich drangekriegt, Herr Professor", rief er und machte ein Gesicht, als hätte er beim Mensch-ärgere-dich-nicht im entscheidenden Moment eine Sechs gewürfelt. „Aber Sie sind kein Polizist ...“

„Nein, das bin ich nicht, aber ...“

„Und deswegen werde ich Ihnen garantiert nicht auf die Nase binden, wie das geht. Das wars, Leute. Barbara, du kriegst natürlich noch einen schriftlichen Bericht. Behandle ihn vertraulich.“ Damit war er wieder durch die Tür.

Die Kommissarin seufzte und blätterte in den Akten, die vor ihr auf dem Schreibtisch lagen. Es waren die Berichte der Beamten, die in der Nachbarschaft des Models nach Zeugen gesucht hatten.

„Niemand hat etwas gesehen“, erklärte sie. „Dabei haben wir praktisch jede Minute abgedeckt.“

„Was meinst du damit?“, fragte Archibald.

„Es gibt für jede in Frage kommende Zeit einen Zeugen?“

Barbara schien irritiert.

„Für die ganze Zeit, in der Sarina Berger weg war? Wieso das denn?“

„Ihr gegenüber wohnt ein Schriftsteller, der ganze Nächte durch am Fenster sitzt und schreibt. Er sitzt im Rollstuhl und kann das Haus gar nicht verlassen. Wenn es den Einbruch nachts gegeben hätte, wäre ihm das aufgefallen.“

„Sagt er. Und außerdem muss auch er mal schlafen."

„Dafür gibt es andere Zeugen. Morgens kommen zu verschiedenen Zeiten Jogger an dem Haus vorbei. Ein anderer Nachbar beschäftigt einen Gärtner, der sich im Moment sehr lange dort aufhält, weil der Garten umgestaltet wird. Schräg gegenüber gibt es eine Baustelle. Da wird ein Dach erneuert. In den letzten Tagen waren die Dachdecker immer vor Ort ... Die Kollegen haben sich wirklich Mühe gegeben, das muss man ihnen lassen. Besser hätten sie das kaum hingekriegt."

„Gehen wir mal davon aus, dass der Täter wirklich kein Zeitfenster zur Verfügung hatte. Spricht das denn dann nicht auch gegen Dr. Feldhoff?"

„Sicher. Aber so ganz lasse ich ihn trotzdem nicht vom Haken."

„Vielleicht war er es gar nicht selbst, sondern einer seiner Mitarbeiter?"

Barbara, die immer noch auf die Akten gestarrt hatte, sah auf. „Könnte sein. Aber dann müsste der auch wissen, dass es diesen Schmuck überhaupt gibt. Und vergiss nicht: Wer wusste überhaupt von dem ungewöhnlichen Versteck?"

„Feldhoff sicher nicht."

„Wer dann?

„Niemand, wenn du mich fragst. Ja, ich weiß, das spricht auch gegen ihn als Täter. Aber was sollen wir machen? Abgesehen von den üblichen Sachen wie Überwachung des Juwelenhandels können wir nur dort ansetzen. Ich kann ja meine Leute wenigstens mal darauf ansetzen, dass sie sämtliche Alibis überprüfen. Was aber auch schwierig ist, weil wir ja nicht genau wissen, wann der Einbruch stattgefunden hat."

Sie verließ das Büro und ließ Archibald mit seinen Gedanken allein. Wie so oft, wenn viele Informationen über einen Fall über ihn herabgeregnet waren, kam nun die Phase der Klärung. Wie in einer dieser Schneekugeln, in denen nach dem Schütteln weiße Flocken herumschwirrten und das Bild vernebelten, sank nun alles nach unten ...

Konnte man Feldhoff trauen? Hatte er sich vielleicht doch mit Sarina Berger getroffen, auf diese Weise Informationen über das Kühlschrankversteck bekommen und sie genutzt?

Hatte Sarina Berger dies verschwiegen, weil sie doch Angst hatte, dass etwas in die Presse geriet?

Reine Spekulationen, dachte Archibald. Du fängst an wild zu fabulieren. Alles Mögliche könnte sein. Konzentriere dich auf die Informationen, die wirklich vorliegen.

Das Kellerfenster lag zur Straße hin. Jemand hätte den Einbrecher sehen müssen.

Falsch. Das Haus war von der Straße aus gar nicht zu sehen. Und es gab sicher genug Wege, auf das Grundstück zu gelangen und wieder zu verschwinden.

Archibald grinste. Das hatten die ach so fleißigen Beamten, die Barbara gerade gelobt hatte, nicht bedacht.

Die nächsten Fakten. Der Täter kannte das Versteck. Er wusste, dass es den Schmuck gab ...

Und wer wusste das schon? Niemand außer Sarina Berger selbst. Das hatte sie gesagt, als sie bei ihr gewesen waren. Oder hatte sie ihn vielleicht belogen?

Archibald erlöste sich selbst aus der Grübelei, indem der sich an den Computer setzte und im Internet über das Model recherchierte. Er las die Geschichte von dem Glitzerkleid, er informierte sich über die Biografie des Models. Er sah sich Fotos an, die Sarina Berger zum Teil mit ihren Fans zeigte – meist bei offiziellen Presseanlässen, aber auch auf Partys. Als er anfing, durch die Fotoseiten zu surfen, hatte er im Stillen gehofft, irgendwo zwischen den Leuten Dr. Feldhoff zu sehen. Aber das war absurd. Ein Mann mit Kordhose und Strickjacke passte ebenso wenig in diese Szene wie der Papst.

Schließlich informierte er sich über die Firma Romina. Und dabei landete er auf der Seite eines seriösen Wirtschaftsmagazins. Er hatte sich gerade etwas festgelesen, als Barbara hereinkam.

„Retten wir, was zu retten ist", sagte sie. „Und ansonsten freue ich mich auf den Feierabend, das kann ich dir sagen."

„Ich glaube, ich habe was Neues", sagte der Professor.

„So, so." Sie setzte sich an ihren Tisch und begann aufzuräumen, als wolle sie gleich nach Hause aufbrechen.

Ein bisschen hektisch war sie.

„Wir hatten doch ganz am Anfang mal überlegt, ob Sarina Berger selbst etwas mit dem Verschwinden der Juwelen zu tun haben könnte."

„Du meinst, Versicherungsbetrug. Ja, darüber haben wir kurz nachgedacht. Aber ich glaube nicht, dass sie das finanziell nötig hat."

„Es könnte aber doch sein."

„Wieso?", fragte Barbara – in der Hand einen Ordner, der eigentlich in den Schrank neben der Tür gehörte.

„Die Firma, die Romina rausbringt, hat finanzielle Probleme. Sarina hat für ihr Haus Schulden gemacht. Das wiederum schreibt die Klatschreporterin der Zeitschrift ‚Bingo'. Die

Meldung ist ganz frisch. Brandneu und druck-frisch."

Barbara legte den Ordner hin.

„Selbst wenn das so wäre, können wir nichts machen ", sagte sie. „Wenn sie wirklich eine Betrügerin ist, wird sie die Versicherungssumme einstreichen, dann den Schmuck zu Geld machen, und wenn sie ihn verkauft und er taucht dabei auf, könnte man die Spur zurückverfolgen. Aber jetzt..."

Sie holte die Fotos von den Juwelen, die Sarina Berger ihnen gegeben hatte, aus einem Ordner und legte sie vor sich hin. Archibald kam zu ihr herüber und sah sich die Bilder an – zum allerersten Mal.

„Das darf nicht wahr sein", sagte er plötzlich.

„Was ist?", fragte Barbara.

„Dieses verdammte Bild, das uns schon den ganzen Tag verfolgt ... also mehr mich, als dich ... dieses Glitzerbild ..."

„Was ist denn los?"

Er beugte sich herunter. „Hast du eine Lupe?"

„Aha, der Herr will Sherlock Holmes spielen. Von mir aus."

Sie kramte lange in ihrem Schreibtisch und fand endlich ein Vergrößerungsglas. „Ich glaube, das ist aus dem vorigen Jahrhundert", sagte sie, „aus der Zeit, als hier noch wirklich Leute wie Sherlock Holmes oder Auguste Dupin gearbeitet haben."

„Dupin stammt aus dem vorletzten", sagte der Professor kühl und nahm die Bilder ins Visier.

„Sie hat die Schmuckstücke auf den Boden gelegt und fotografiert", konstatierte er dann. „Im Hintergrund sieht man einen Teil der verspiegelten Bar."

Die Kommissarin runzelte die Stirn. „Na und?"

„Und darin spiegelt sich etwas anderes. Schau doch."

Sie nahm ihm die Lupe aus der Hand und überprüfte, was Archibald gesagt hatte. „Tatsächlich." Sie kniff die Augen zusammen. „Das Foto mit dem Kleid."

„Das Foto, das in allen Städten die Gegend verschandelt, aber erst seit heute bei Sarina Berger im Wohnzimmer hängt. Das erst vorgestern entstanden ist, weil ja auch erst vorgestern das legendäre Kleid fertig wurde. Das Kleid, das so brandneu ist, dass es live in Berlin den Fernsehkameras präsentiert wurde. Und das vorgestern. Das Bild wurde kurz bevor wir kamen, aufgehängt. Von einem Innenarchitekten, dessen Abfahrt wir noch mitbekommen haben. Das lässt nur einen Schluss zu: Sarina Berger hat die Aufnahmen von dem Schmuck also in der kurzen Zeit zwischen der Abfahrt des Innenarchitekten und unserem Eintreffen gemacht und ausgedruckt."

„Und dann den Einbruch vorgetäuscht".

„Und uns angelogen."

Zwei Minuten später saßen sie wieder im Wagen. Das Model gestand noch am selben Tag.

Dr. Feldhoff traf Archibald wenige Monate später zufällig in der Kölner Premiere der Oper „Turandot" von Giacomo Puccini. Bis dahin war die Geschichte von dem angeblich gestohlenen Schmuck des Supermodels breit durch die Presse gegangen, und auch von Dr. Feldhoff bemerkt worden. Archibald und er versöhnten sich bei einem Glas Wein in der Opernpause wegen des Missverständnisses im Zuge der Ermittlungen. Danach fachsimpelten sie über die Inszenierung – und über das Kostüm der grausamen Prinzessin, von der die Oper handelte. Turandot trug ein glitzerndes Kleid, das wohl die Eiseskälte ihrer Seele zum Ausdruck bringen sollte. Die Herren wussten, was das Vorbild für des Kostümbildner war.

Archibald und der Überfall
am „Mampftreff"

War das wieder ein Betrieb in der Stadt! Professor Archibald Winter schaffte es gerade noch, die Grünphase zu erwischen, was ihn in die Lage versetzte, immerhin fast hundert Meter auf dem Kölner Ring am Stück zurückzulegen. Doch kaum hatte Archibald ein wenig Gas gegeben, gab es wieder einen Stau, die Ampeln schalteten auf Rot, und Archibald blieb nichts weiter übrig, als zu warten. Er hätte natürlich auch mit öffentlichen Verkehrsmitteln in die Stadt kommen können.

Aber das war von seinem Häuschen im Bergischen Land aus schwieriger, als sich das so mancher Befürworter der autofreien Innenstadt vorstellte. Von dem Dörfchen fuhr gerade vier Mal am Tag ein Bus, und dann musste man auch noch passend die S-Bahn in Richtung Innenstadt erwischen. Archibald hatte versucht, mit dem Wagen direkt zur Bahnstation zu fahren, aber die Park-&-Ride-Plätze waren ebenfalls überfüllt.

So blieb ihm nichts anderes übrig, als sich im Wagen in Geduld zu üben. Vielleicht sollte er sich die Zeit mit ein wenig klassischer Musik versüßen. Im Ablagefach lagen immer ein paar passende CDs bereit. Was wäre angemessen? Bach? Oder Mozart? Am besten etwas Langsames, Entspannendes ...

Da! Eine Parklücke!.

Archibald hatte die CD schon in der Hand, da sah er, wie sich rechts vor ihm ein blauer Ford Fiesta aus der langen Reihe der Blechkarossen arbeitete. Der Professor nutzte die Gelegenheit und rangierte seinen Mercedes in die Lücke. Damit musste er zwar etwas mehr Gebühren bezahlen, als im Parkhaus, aber dafür würde es ihm wenigstens gelingen, den Termin mit Kommissarin Barbara Bruhns einzuhalten. Weil Archibald ihr immer wieder bei ihren Fällen half, wollte sie ihn zum Mittagessen in dem von ihnen beiden bevorzugten Italiener „Da Mario" einladen.

Zwei Minuten später war er zu Fuß auf dem Weg ins Restaurant. Die Uhr vor dem Schaufenster des nahegelegenen Juweliers zeigte genau 13 Uhr an, als er das Lokal betrat.

„Oh, der Professore, bon giorno!", rief Mario ihm wie immer fröhlich entgegen. „Ich freue mich, Sie zu sehen."

Archibald begrüßte ihn und sah sich suchend um. „Ist Barbara noch nicht da?"

„Leider nicht, Professore, aber ich habe wunderbaren Tisch für euch ..."

Maria überschlug sich vor Freundlichkeit.

Archibald folgte ihm, und in dem Moment, als er an dem Tisch in der hintersten Ecke des verwinkelten Lokals ankam, vibrierte sein Handy und gab eine leise klassische Melodie von sich. Es war das Thema des langsamen Satzes aus Mozarts Klarinettenkonzert. Hätte Archibald nicht den Parkplatz gefunden, wäre dies sein absoluter Favorit gewesen, um in der Hektik des Straßenverkehrs Ruhe zu bewahren.

„Winter", meldete er sich und lauschte in den Hörer.

Inmitten von tosenden Hintergrundgeräuschen hörte er eine abgehackte Stimme.

„Archibald ... nicht ... leider ... Fall."

„Bist du das Barbara?", rief er, und ihm wurde bewusst, dass er viel zu laut sprach, denn die anderen Gäste im Restaurant sahen ihn überrascht an.

Etwas rauschte im Telefon, dann hatte die Kommissarin wohl eine Stelle gefunden, wo es bessere Verbindung gab.

„Archibald, es tut mir leid ... Wir müssen das verschieben. Ich habe einfach zu viel zu tun."

Der Professor war nicht überrascht. Das war nun schon drei Mal vorgekommen.

„Zuerst hatten wir heute morgen diesen Banküberfall", sprach die Kommissarin weiter. „Der Täter ist immer noch flüchtig. Die einzige Zeugin, eine Bankangestellte, wurde angeschossen und liegt im Koma. Und nun haben wir noch einen seltsamen Überfall auf einen Kraftfahrer."

„Was meinst du mit Kraftfahrer?", fragte Archibald. „Lastwagen oder Taxi?"

„Bist du eigentlich schon im Restaurant?"

„Bin ich, Barbara. Aber sprich einfach weiter. Was ist passiert?"

„Willst du etwa in den Fall einsteigen? Du, wir haben hier ein Riesenchaos. Die eine Hälfte der Belegschaft ist krank, die andere hat Urlaub. Ich weiß überhaupt nicht, wo mir der Kopf steht."

„Und da bleibt dir niemand, der einen Fall löst. Also sei doch froh, dass ich dir helfe. Also?"

Er hörte ein Seufzen auf der anderen Seite der Leitung. „Am besten, wir treffen uns. Aber du musst dich beeilen. Ich sage dir, wo. Hör zu ..."

Der Professor suchte die Adresse heraus und gelangte in eine Industriegegend am Kölner Güterbahnhof Eifeltor – dem großen Containerumschlagplatz im Kölner Süden. Im Hintergrund erhoben sich die riesigen Kräne in den

bedeckten Himmel. Die Straße führte an Lager-
hallen und Parkplätzen dabei. LKWs reihten
sich am Straßenrand aneinander. Hin und wieder sah Archibald heruntergekommene Wohn-
wagen, in denen Prostituierte ihre Dienste an-
boten. Manche standen vor ihren Diestbehau-
sungen und schauten neugierig.

Inmitten dieser tristen Umgebung lag in einer
Kurve eine dunkelbraune Hütte, die auf den
ersten Blick wie eine Schutzbehausung aus den
Alpen aussah. Eine leuchtende Schrift über
dem Eingang bildete die Wörter „Petras
Mampftreff". Auf einem Parkplatz drängten
sich Lieferwagen und andere Fahrzeuge. Durch
ein großes Fenster konnte man drinnen eine
Theke und ein paar Tische erkennen, die alle
besetzt waren.

Etwas abseits stand ein großer Abschleppwagen mit einem PKW hintendrauf. Daneben ein
blausilberner Streifenwagen der Polizei mit
stummem Blaulicht. Neugierige standen herum,
bildeten Grüppchen, unterhielten sich.

„Da bist du ja", sagte Barbara, die plötzlich
neben Archibald auftauchte, nachdem er seinen
Wagen abgestellt hatte. „Du hast lange ge-
braucht." Sie grinste. „Wenn du wirklich einer
von meinen Leuten wärst, dann hättest du jetzt
schon Minuspunkte."

Archibald knurrte.

„Gib mir eins von diesen Blaulichtern, die man auf dem Dach festmachen kann, und wir reden noch mal darüber", brummte Archibald. „Ich kann die Autos auch nicht von der Straße zaubern." Er sah sich um. „Was ist denn nun eigentlich passiert?"

Sie deutete auf den Abschleppwagen.

„Der Fahrer ist niedergeschlagen worden."

„Meinst du den Wagen, der hinten drauf hängt? Oder meist du den Transportwagen?"

„Ich meine den Abschleppwagen." Sie blickte in ihre Notizen. „Der andere hat wohl in der Stadt falsch geparkt, um den geht's jetzt nicht."

„Verstehe. Na ja, die Versuchung, sich einfach irgendwo hinzustellen, ist heute bei dem Verkehr wirklich groß. Zurück zum eigentlichen Fall."

Sie las aus ihren Notizen ab, die das enthielten, was die Kollegen bisher zusammengetragen hatten. „Der Fahrer des Hängers heißt Heinz Bohn. Er war auf dem Weg zum Abstellplatz, der hier ganz in der Nähe liegt. Einige Leute aus der Imbiss-Bude hier, die ihn kennen, sagen, er hätte schon seit heute Morgen um sechs Uhr Schicht gehabt, und da habe er sich hier was zu essen gekauft. Petra, die Inhaberin, sagt, er habe schnell eine Currywurst gegessen. Als er dann wieder weiterfahren wollte, tauchte auf einmal ein Mann auf und hat auf ihn eingeschlagen. Bohn wurde schwer verletzt und ins Krankenhaus gebracht. Der Täter ist geflohen. Leider haben wir von ihm keine Beschreibung."

Archibald überlegte. „So was am helllichten Tag? Das ist ja furchtbar. Und dass niemand etwas gesehen hat ...

„Sie waren alle drin, und haben nur ganz kurz durchs Fenster geschaut und gemerkt, dass etwas nicht stimmt. Sie haben dann sofort den Rettungswagen und die Polizei verständigt. Bohn selbst ist nicht in der Verfassung, etwas auszusagen. Ich glaube, er kann von Glück sagen, wenn er die Sache überlebt. So lange wir nicht wissen, was dahintersteckt, müssen wir davon ausgehen, dass es ein Mordversuch ist."

„Vielleicht wollte der Täter etwas stehlen?"

„Wir wissen es nicht. Sein Geld hat Bohn jedenfalls noch gehabt."

„Schau mal hier drüben." Archibald deutete auf die andere Straßenseite. Hinter einem provisorischen Zaun lag eine Baustelle mit Stapeln von Steinen, Kabeln und anderem Baumaterial. Auf einem hohen Mast war eine Videokamera montiert, die das Gelände überwachte.

In letzter Zeit hatte der Diebstahl auf Baustellen drastisch zugenommen, und es war mittlerweile Standard, dass man sich mit solchen Maßnahmen davor schützte Daher wurden alle Anstrengungen unternommen.

„Du meinst, wir könnten die Aufnahmen aus der Kamera nutzen?", fragte Barbara. „Lieber wär's mir, wenn es Arbeiter auf der Baustelle gäbe, die als Zeugen in Frage kämen. Aber dort wird heute nicht gearbeitet. Warum auch immer."

Sie zuckte die Schultern.

„Der Winkel der Kameras ist ziemlich ungünstig, aber wir sollten es versuchen."

Barbara nahm ihr Handy und veranlasste alles. Da das Mittagessen ausgefallen war, kümmerte sich Archibald in der Zwischenzeit um Ersatz. Er ging in den „Mampftreff", wechselte ein paar freundliche Worte mit der Inhaberin Petra – einer temperamentvollen Mittfünzigerin mit schreiend rot gefärbtem Haar – und kam nach Sichtung ihrer kulinarischen Angebote mit zwei großen Portionen hausgemachtem Kartoffelsalat zurück.

Barbara machte große Augen. „Genau das richtige", sagte sie. „Ich liebe hausgemachten Kartoffelsalat."

Dann standen sie an den Streifenwagen gelehnt auf dem Parkplatz und aßen.

Plötzlich fiel ihr etwas ein. „Eigentlich wollte ich ja dich einladen."

„Kommt alles", beruhigte Archibald sie. „Jetzt sind wir ja sozusagen im Dienst. Und das hier ist der Dank dafür, dass du mich mitmachen lässt. Ist ja nicht selbstverständlich. Ich meine doch."

Das war es tatsächlich nicht. Es hatte wegen seiner Einmischung in die Ermittlungsarbeit sogar schon mal ein Treffen mit dem Kölner Polizeipräsidenten gegeben. Archibald hatte ihn an die berühmte Fernsehserie „Castle" erinnert, in der ein Krimiautor bei der New Yorker Polizei mitermitteln durfte. So weit wollte man bei der Kölner Polizei nicht gehen, aber Archibalds Mitarbeit als Berater wurde geduldet. Und von Barbara geschätzt.

„Was ist denn nun mit den Videoaufnahmen?", fragte der Professor. „Sind die schon da?"

„Kriegen wir in ein paar Minuten. Es muss erst jemand von einem Sicherheitsdienst vorbeikommen. Ich kriege eine SMS, wenn er da ist."

Die Nachricht kam genau in dem Moment, als sie ihre Mahlzeit beendet hatten. Sie trafen einen Mitarbeiter der Sicherheitsfirma vor einem Baucontainer auf der anderen Seite der Baustelle. Er schloss ein Laptop an ein Serversystem an und öffnete auf den Bildschirm ein

Fenster. Sonderlich klar war das Bild nicht. Aber es ging.

„Welchen Zeitabschnitt wollen Sie denn sehen?", fragte er.

„Wir sollten erst mal an dem Moment beginnen, in dem Heinz Bohn ankommt", meinte Barbara. „Das müsste so gegen 12 Uhr 15 gewesen sein."

Der Mann ließ das Video schnell durchlaufen und stoppte an der entsprechenden Stelle. Der Blickwinkel der Kamera, die ja nicht die Imbiss-Bude, sondern die Baustelle überwachen sollte, war tatsächlich sehr ungünstig.

Sie sahen, wie Heinz Bohn den Schlepper durchs Bild fuhr und dann parkte. Immerhin war noch ein kleines Stück der hinteren Seite des Abschleppwagens zu erkennen. Vom „Mampftreff", der auf der rechten Seite außerhalb des Bildes liegen musste, sah man nichts.

Der Hänger stoppte. Ein paar Sekunden lang geschah gar nichts. Dann stapfte Bohn durchs Bild. Er war ein blonder, ziemlich dünner Mann in Overall und mit einer Mütze auf dem Kopf. Er verschwand auf der rechten Seite und ging wahrscheinlich in die Imbiss-Bude.

Die Uhr auf dem Video lief weiter, aber im Bild veränderte sich mehrere Minuten lang nichts. Man hätte glauben können, ein Standbild vor sich zu haben.

„Da", sagte Archibald.

Es war kaum mehr als ein Schatten, der plötzlich auftauchte. Die Fläche neben dem Hinterreifen des Fahrzeugs verdunkelte sich ein wenig. Dann stand da ein Mann mit dem Rücken zur Kamera. Nur wenige Sekunden blieb er im Einfallswinkel, dann ging er aus dem Bild. Wieder geschah nichts. Barbara und Archibald sahen gebannt auf den Monitor – immer in der Hoffnung, dass sich der Unbekannte noch einmal zeigen würde.

Nach einer knappen Viertelstunde ging Bohn wieder durch das Bild – diesmal in umgekehrter Richtung, denn er war ja auf dem Weg zum Führerhaus.

„Jetzt passiert es", sagte Archibald.

Wenige Sekunden verrannen – dann rannte die Gestalt am Wagen vorbei nach rechts. Dann dauerte es noch weitere Minuten, bis andere Personen auftauchten. Offenbar hatte man Bohn entdeckt.

„Gehen Sie bitte noch mal auf die Stelle zurück", als die Person flüchtet", bat Barbara. „Und dann halten Sie bitte kurz an."

Sie studierten das Standbild. Leider war auch hier kein Gesicht zu sehen. Dann verglichen Sie das Bild mit dem Moment, als die Person zum ersten Mal aufgenommen worden war. Es gab eine Übereinstimmung.

„Das ist auf jeden Fall derselbe Mann", stellte Barbara fest. „Leider haben wir nicht viele Anhaltspunkte, um ihn zu beschreiben. Das dürfte schwierig werden,"

„Er ist nicht besonders groß", fand Archibald. „Man sieht es im Vergleich zu den Reifen. Ich schätze ihn auf höchstens eins fünfundsiebzig."

Barbara notierte. „Die Haarfarbe ist dunkel. Schwarz oder dunkelbraun. Dunkle Jeans, dunkle Jacke ... Mehr haben wir nun wirklich nicht."

„Er hat wohl auf Bohn gewartet, oder?", sagte Archibald. „So kommt es mir jedenfalls vor. Oder hat er den Hänger untersucht?"

„Wenn er etwas hätte stehlen wollen, hätte er es getan. Zum Beispiel das Auto hintendrauf. Obwohl das nicht besonders wertvoll ist. Jedenfalls sind Autodiebe ziemlich schnell, wenn es drauf ankommt ..."

Sie bedankten sich und gingen zurück zu der Imbiss-Bude. Sie waren gerade angekommen, da meldete sich Barbaras Handy. Sie führte ein kurzes Gespräch. „Sehr gut", sagte sie, drückte den roten Knopf und sah Archibald an. „Ich glaube, wir haben eine Spur. Bohn hat auf dem Weg ins Krankenhaus noch eine Aussage machen können, bevor er das Bewusstsein verlor."

„Hat er den Täter erkannt?"

„Das nicht. Aber er sagte, dass er von jemandem verfolgt wird. Seine Freundin hat ihn verlassen und ist jetzt mit einem ehemaligen Kollegen zusammen. Der Mann heißt mit Vornamen Markus. Leider kennen wir den Nachnamen nicht. Jedenfalls scheint der neue Lover der Freundin ziemlich gewalttätig zu sein. Er hat Bohn mehrmals bedroht, nachdem er versucht hat, seine Freundin zurückzuholen."

„Das konnte er alles noch auf dem Weg ins Krankenhaus berichten? Mit einer so schweren Verletzung?"

„Der Kollege sagt, er habe richtig damit gerungen und sich ganz furchtbar angestrengt, um das mitzuteilen. Danach ist er ins Koma gefallen. Die Ärzte meinen, dass sich sein Zustand durch diese Anstrengung noch verschlimmert hat. Verlieren wir jetzt keine Zeit. Suchen wir diesen Markus. Also los, worauf warten wir noch."

Sie gingen in die Imbiss-Bude, die immer noch gut besucht war. Sie fragten die Besitzerin Petra und einige Gäste, die dort herumsaßen. Viele kannten die Geschichte von Bohns verflossener Freundin. Einige hatten sogar den Nebenbuhler Markus schon mal gesehen, denn er war zur Zeit auf einer Baustelle ganz in der Nähe beschäftigt. Er schien sich also hier herumgedrückt zu haben.

„Einmal hat sich Heinz mit Markus sogar hier im Lokal gestritten", berichtete Petra. „Das ist so etwa eine Woche her. Wenn ich da nicht dazwischen gegangen wäre, hätte es eine handfeste Schlägerei gegeben."

„Wie sieht dieser ominöse Markus denn aus?", fragte Barbara.

Petra hob die Schultern. „Nicht besonders groß. Ziemlich muskulös. Kurzes Haar. So aschblond."

Archibald warf der Kommissarin einen Blick zu. Die Beschreibung konnte passen.

„Kann mir denn jemand sagen, auf welcher Baustelle er gerade zu tun hat?", fragte sie in die Runde. „Oder wie er mit Nachnamen heißt?"

Ihr Blick prüfte die Gesichter.

Es dauerte eine ganze Weile, bis sie einen Hinweis hatten. Der Verdächtige arbeitete bei einer Fahrbahnsanierung mit. Die Baustelle lag einen knappen Kilometer entfernt. Die Kommissarin ging nach draußen, um zu telefonieren. Archibald genehmigte sich noch einen Nachtisch: Selbst gemachter Obstsalat!

„Ich hätte nicht erwartet, so was hier zu bekommen", sagte er.

Petra lächelte ihn versonnen an. „Das erwartet niemand. Dabei ist das Obst ganz frisch vom Großmarkt. Ich kaufe es jeden Morgen auf dem Weg hierher, bevor ich aufmache. Das ist kein Umweg."

„Und um wieviel Uhr ist das?"

„Um sechs."

„Und wie lange haben Sie geöffnet?"

„Du brauchst mich nicht zu siezen, Junge", sagte sie. „Ich bin die Petra."

„Archibald", stellte sich Archibald vor.

„Wir haben offen bis acht. Sieben Tage die Woche." Sie schaufelte dem Professor noch einen Extralöffel auf seine Portion.

Archibald aß schweigend. Er bewunderte im Stillen den Fleiß, den diese Petra an den Tag legte.

Irgendwann bemerkte er Barbara, die ihm von draußen Zeichen gab und ihn bat herauszukommen. Er aß den letzten Löffel, bezahlte, verabschiedete sich und ging.

„Wir haben ihn", sagte die Kommissarin. „Er heißt Markus Vollrath. Übrigens mehrfach vorbestraft wegen Körperverletzung. Sein Arbeitgeber weiß davon und hat ihn nur aus Mitleid und aus Personalmangel noch weiterbeschäftigt. Als er jetzt von mir hörte, dass die Polizei hinter ihm her ist, wurde er richtig sauer. Ich konnte ihm nur sagen, dass es ja noch nicht erwiesen ist, dass Vollrath der Täter ist."

„Es sieht aber ganz danach aus", meinte Archibald.

„Schauen wir mal. Ich habe seine Adresse. Er hat heute frei. Hoffentlich ist er zu Hause."

Markus Vollrath wohnte in einer Mietwohnung am Rande der Kölner Innenstadt. Zum Glück war er zu Hause.

„Polizei?", fragte er, und sein ohnehin wahrscheinlich vom Alkohol gerötetes Gesicht wurde noch eine Spur dunkler. „Ich hab alles abgesessen, ihr könnt mir nichts."

„Dürfen wir hereinkommen?", fragte Barbara. „Oder wollen wir alles hier auf dem Flur verhandeln?" Vollrath wohnte in einem hellhörigen Mietshaus im Rechtsrheinischen. Er nickte und führte sie in ein kleines Wohnzimmer mit einem fleckigen Sofa, einem abgeschabten Sessel und einem alles beherrschenden riesigen Fernseher, auf dem stumm eine der nachmittäglichen Dokusoaps lief. Wahrscheinlich lief der Kasten immer.

Barbara erklärt ihm worum es ging, sagte aber nichts über den Schauplatz, an dem die Tat geschehen war. Archibald überlegte derweil, ob Vollrath der Mann auf dem Video sein konnte. Es war sehr schwer einzuschätzen, denn die Bilder waren nicht sehr gut gewesen.

„Ich habe Heinz nichts getan", rief Vollrath, als Barbara fertig berichtet hatte.

„Können Sie das denn beweisen? Sie sind wegen Körperverletzung vorbestraft. Und sie hatten Heinz Bohn auf dem Kieker. Er hat versucht, seine Freundin zurückzugewinnen und Ihnen ging das gegen den Strich. Nach der Vorgeschichte, die wir von Ihnen kennen, ist es ja nicht ganz unwahrscheinlich, dass Ihnen die Pferde durchgegangen sind. Oder haben Sie es geplant auf Herrn Bohn abgesehen?"

„Das ist alles Blödsinn. Hören Sie ..."

„Sie wissen, dass man Ihnen das als Mordversuch auslegen könnte? Wenn alles darauf hindeutet, dass es eine geplante Tat war ..."

„Fragen Sie die Leute in der Wurstbude."

„Wurstbude?"

„Na ja, der ‚Mampftreff'. Da ist das doch passiert."

„Davon habe ich Ihnen aber nichts gesagt, Herr Vollrath."

„Aber ..."

Er blickte verwirrt von der Kommissarin zu Archibald und wieder zurück. Dabei schien er darum zu kämpfen, seinen Jähzorn niederzuringen, der ihn wieder gepackt hatte. Ihm war klar, dass er sich verraten hatte.

„Ich war da", sagte er betont langsam. „Ich war da, aber ich habe Heinz nichts getan."

„Waren Sie drinnen? Bei Petra?"

„Nein. Es war anders. Ich habe Heinz ganz zufällig gesehen. Ich meine, seinen Hänger. Und da bin ich ihm spontan nachgefahren. Ich wollte noch mal mit ihm reden, nachdem wir solchen Ärger hatten. Er hat dann bei Petra angehalten. Ich hab in der Nähe geparkt und bin ausgestiegen. Und da sah ich, dass er mit einem anderen Typen Ärger hatte."

„Sie meinen, Sie haben die Tat nur beobachtet, aber nicht begangen?", fragte die Kommissarin.

„Ja, genau so wars. Das müsst ihr mir glauben. Ich hab nichts gemacht. Ich bin noch nicht mal in die Nähe von dem Wagen gekommen. Heinz ist schnell reingegangen und hat was gegessen. Ich hab überlegt, ob ich auch reingehen soll. Aber da drin hat es vor einiger Zeit mal Ärger gegeben ... Und Petra hat mir Hausverbot erteilt. Deswegen hab ich gewartet. Natürlich auf Abstand. Ich hab mich auf die andere Seite gestellt. An die Baustelle. Bevor Heinz rauskam, sehe ich auf einmal so einen kleinen Typen, der sich an dem Hänger zu schaffen macht. Erst dachte ich, er wollte ihn klauen. Er hat jedenfalls versucht raufzuklettern."

„Er wollte auf den Abschleppwagen klettern?", fragte Archibald.

„Ganz genau. Aber da kam schon Heinz raus. Plötzlich hatte der Kleine irgendwas in der Hand. Ein Werkzeug oder so. Und damit schlägt er Heinz nieder. Ich hab gemacht, dass ich wegkomme."

„Sie haben ihm nicht geholfen?", rief Barbara. „Sie wissen, dass das unterlassene Hilfeleistung ist."

„Aber da kamen doch schon die Jungs aus der Bude raus. Die hätten doch sicher gedacht, dass ich das war. So bin ich einfach abgehauen."

Barbara seufzte. „Und das sollen wir Ihnen glauben? Wer sagt uns denn dass Sie sich das alles nicht einfach ausgedacht haben?"

„Weiß ich auch nicht. Aber ich sage die Wahrheit."

„Die Sie nicht beweisen können."

„Die ich auch nicht beweisen muss. So viel hab ich aus den Gerichtsverhandlungen, die ich erlebt habe, gelernt. Weisen Sie mir mal nach, dass ich den Heinz niedergeschlagen habe. Dann sehen wir weiter. Sie können mir gar nichts."

Barbara und Archibald fuhren ins Präsidium. Es kostete etwas Telefonarbeit, um die Sicherheitsfirma der Baustelle gegenüber dazu zu bringen, die Videos online auf die Polizeiserver zu schicken. Eine weitere Stunde später hatten sie die Aufnahmen und gingen sie noch einmal ganz genau durch. Diesmal waren es die Aufzeichnungen sämtlicher Kameras von der Baustelle. Und dabei zeigte sich: Vollrath hatte die Wahrheit gesagt. Auf einer anderen Aufnahme war deutlich zu sehen, wie er an dem Zaun stand und zum „Mampftreff" hinübersah – genau zu der Zeit, in der der Unbekannte Heinz Bohn niederschlug.

„Jetzt sind wir genau so schlau wie vorher", sagte Barbara. „Und der Tag ist fast rum."

Hinter den Fenstern des Büros wurde es langsam grau. Ein ungemütlicher Herbstabend senkte sich über die Stadt.

„Und ich kann trotzdem noch keinen Feierabend machen", meinte die Kommissarin nach einem Blick auf ihren Bildschirm.

„Weil du den Fall noch nicht gelöst hast?", fragte Archibald.

Er runzelte die Stirn.

„Weil ich es mit zwei Fällen zu tun habe. Vergiss nicht den Banküberfall von heute morgen. Immerhin sind wir hier wohl einen Schritt weiter ..." Sie klickte mit der Computermaus herum und öffnete ein Fenster. „Muss man denn alles alleine machen?", fragte sie. „Wieso schicken die eine Mail und rufen mich nicht direkt an? Es ist manchmal wirklich zum Auswachsen ..."

„Was ist los?"

„Die Bankangestellte, die heute Morgen niedergeschossen wurde, ist aus dem Koma erwacht. Sie kann eine Aussage machen. Sie hat als einzige dem Täter direkt gegenüber gestanden. Der Mann war zwar maskiert, aber vielleicht hat sie trotzdem was gesehen, womit wir ihn überführen könnten." Sie stand auf und nahm ihre Mappe. „Ich muss sofort ins Krankenhaus. Willst du mit?"

„Ach nein", sagte Archibald. „Ich bin ja kein professioneller Kommissar. Mir reicht ein Fall am Tag. Während du weg bist, denke ich noch mal über die Sache mit Heinz Bohn nach. Vielleicht fällt mir ja noch was ein."

Sie wollte gehen, doch der Professor hatte noch eine Frage. „Was passiert eigentlich jetzt mit dem Abschleppwagen und dem Fahrzeug hintendrauf?"

„Ich habe den Hänger freigegeben. Ich denke, dass ein Kollege von Heinz Bohn den PKW zum Abstellplatz transportiert hat. Der Inhaber muss das Fahrzeug ja auch wieder abholen können." Damit ging sie.

In der Zwischenzeit waren längst die Aufnahmeprotokolle und Fotos des seltsamen Überfalls am „Mampftreff" auf dem Server gespeichert. Nachdenklich las der Professor die Aussagen, die Barbara und ihre Kollegen gesammelt hatten, und er sah sich die Fotos an.

Schließlich kam er auf eine Idee: Er suchte die Nummer des abgeschleppten PKW in der Datenbank und ermittelte den Halter des Fahrzeugs. Es gehörte einem gewissen Bernhard Schuster aus Köln. Der Professor suchte die Telefonnummer heraus und rief ihn an.

Eine junge Frauenstimme meldete sich. „Hier bei Schuster."

Archibald stellte sich vor. „Ich hätte gerne Herrn Bernhard Schuster gesprochen."

„Bernhard und seine Frau sind leider nicht da. Es tut mir leid."

„Wann könnte ich ihn denn erreichen?"

„Erst in zwei Wochen", sagte sie. „Sie sind im Urlaub. Ich bin die Nachbarin und nur zum Blumengießen hier. Worum geht's denn?"

Sie schniefte ein paar Mal. Offenbar hatte sie Schnupfen.

„Es geht um seinen Wagen." Archibald beschrieb das Modell. „Das Auto ist falsch geparkt worden und wurde abgeschleppt."

„Das kann nicht sein", sagte die Frau ungläubig. „Sie sind doch mit dem Flieger weg. Sie sind mit dem Taxi zum Flughafen gefahren ... Der Wagen steht auf irgendeinem Parkplatz. Oder ist irgendwas damit passiert?"

„Nein, keine Sorge", sagte der Professor. „Es ist wahrscheinlich ein Irrtum. Haben Sie vielen Dank für Ihre Auskünfte. Auf Wiederhören."

Es war bereits dunkel, als Archibald wieder hinaus in Richtung Eifeltor fuhr. Er hatte keinen Beweis für seine Theorie. Barbara war nicht zu erreichen gewesen. Also unternahm er mal wieder einen Alleingang.

Für ihn waren das die spannendsten Momente bei seinen Ermittlungen. Der Professor identifizierte sich in diesen Phasen am stärksten mit den großen Detektiven und Kommissaren aus den Kriminalromanen, die er so gerne las. Jahrzehntelang hatte er als Germanist Vorlesungen über Literatur gehalten. Es war ihm gelungen, das Thema „Krimi" nach und nach zu einem ernsten Thema an der Universität zu machen. Seine Kollegen hatten ihn oft dafür verspottet, oder sie hatten unverhohlen zum Ausdruck gebracht, dass sie ihn nicht ernst nahmen. Und das nur, weil ihre Lehrveranstaltungen von großen Dichtern wie Goethe oder Schiller handelten. Archibald hatte ihnen dann mit hieb- und stichfesten Argumenten verdeutlicht, dass gerade Schiller mit seinem Drama „Die Räuber" nichts anderes als einen handfesten Krimi auf die Bühne gebracht hatte. Dass Heinrich von Kleist in der Komödie „Der zer- brochene Krug" nichts anderes als eine krimi- nalistische Ermittlung vorführte und dass sogar der romantische Dichter E. T. A. Hoffmann wahrscheinlich den ersten deutschsprachigen Krimi überhaupt geschrieben hatte: die Novelle „Das Fräulein von Scudery".

Als Archibald dann pensioniert war, begann eine neue Phase in seinem krimibegeisterten Leben: Er ermittelte selbst.

Der Verkehr hatte schon etwas nachgelassen. Dafür hatte es zu nieseln begonnen. Die Schei- benwischer von Archibalds Mercedes quietsch- ten, als sie die dünne Schicht von Feuchtigkeit zur Seite schoben. Hohe Laternen und Schein- werfer tauchten die Industriegebäude in der Umgebung des Güterbahnhofs Eifeltor in un- wirkliches Licht.

Auch am „Mampftreff " kam der Professor vorbei. In dem beleuchteten Fenster sah er Pe- tra, die gerade die Tische abwischte. Es waren wenige Gäste da. Wahrscheinlich kamen abends immer weniger als am Mittag. In einer dreiviertel Stunde würde sie die Bude schließen.

Der Abstellplatz für die abgeschleppten Fahrzeuge war ein riesiges Areal, das man durch ein Pförtnerhäuschen erreichte. Der Professor entschied sich, nicht den normalen Weg zu gehen. Das hätte zu viel Fragerei gegeben. Er parkte den Wagen weit entfernt und kletterte an einer dunklen Stelle über den Zaun.

Er wusste, dass er nicht viel Zeit hatte, Schusters Wagen zu finden. Wahrscheinlich würde der Wachdienst schnell merken, wenn sich jemand auf dem Gelände herumdrückte. Oder er machte ebenfalls bald Feierabend, und der Platz blieb über Nacht unbewacht.

Er suchte den Wagen eine halbe Ewigkeit. Es war ein dunkler Golf älterer Bauart. Nicht gerade ein seltenes Modell. Immer wieder dachte der Professor, er habe das Auto entdeckt, aber dann stimmte das Kennzeichen nicht. Auf einmal hörte er von irgendwo her ein lautes Klirren.

Er blickte in die Richtung, aus der es gekommen war. Eine Gestalt stand zwischen den Wagen und duckte sich gerade. Der Professor näherte sich und sah Schusters Auto. Erst glaubte er, sich zu irren, doch dann erkannte er ein großes Loch im Fenster der Beifahrertür.

Ich habe recht gehabt, dachte Archibald. Das ist der Beweis. Meine Theorie stimmt. Er ging näher heran. Von der Gestalt keine Spur. Ar-

chibald griff in den Wagen, öffnete das Hand-
schuhfach – und sah im matten Licht mehrere
dicke Bündel Geldscheine. Sein Herz machte
einen Satz.

Im selben Moment bekam er etwas Hartes in
den Rücken gerammt.

„Hinlegen", sagte eine Stimme. „Schön langsam."

Im Reflex versuchte er sich zu wehren. Doch
der andere war wesentlich sportlicher, packte
Archibald am Arm und zog in so weit nach hinten, dass der Professor einen Schmerzensschrei
ausstieß.

„Hinlegen, habe ich gesagt", raunte es hinter
ihm. „Wenn du nicht gehorchst, kugele ich dir
den Arm aus, klar?"

Der Unbekannte unterstrich seinen Befehl,
indem er das Harte, das wohl eine Waffe war,
noch fester in Archibalds Körper bohrte. Es
schmerzte.

„Ich habe Sie erkannt", ächzte Archibald. „Sie
kommen auf keinen Fall davon. Egal, was Sie
jetzt machen ..." Im selben Moment wurde ihm
klar, dass er einen Riesenfehler begangen hatte.

„Egal, was ich mache?" Der Unbekannte
lachte leise. „Und wenn ich dich einfach er-
schieße? Das kriegt hier niemand mit ... Ich
habe einen Schalldämpfer. Und je länger ich
darüber nachdenke, desto mehr glaube ich, dass

das die beste Lösung ist ..." Der Druck auf Archibalds Rücken löste sich. Dann spürte er die Waffe am Kopf.

Plötzlich flammte ein Scheinwerfer auf. „Die Pistole weg", schrie eine weibliche Stimme. Es war Barbara.

Der Mann, der Archibald in Schach hielt, war so überrascht, dass er den Arm des Professors kurz locker ließ. Archibald nutzte die Gelegenheit, stieß mit dem Ellenbogen nach hinten und ließ sich auf den Asphalt fallen. Der Mann ächzte, und dann waren schon die Polizisten da. Handschellen klickten, der Mann wurde abgeführt. Von einem heftigen Schmerz am Arm und am Knie überwältigt, gelang es Archibald kaum aufzustehen. Schritte näherten sich ihm. „Du warst mal wieder am richtigen Ort", sagte Barbara. „Oder am falschen, wie man es nimmt. Was hättest du denn getan, wenn wir nicht in letzter Sekunde gekommen wären?"

Der Professor war nicht in der Lage zu sprechen. Etwas steckte in seiner Kehle fest. Er atmete tief durch. Dann ging es. „In dem Auto ist die Beute versteckt", röchelte er. „Die Beute aus dem Bankraub. Stell dir das einmal vor. Das war ..."

„Stell dir vor, das wissen wir bereits", sagte die Kommissarin.

„Ach ..."

„Professore! Und La Commissaria! Benvenuto!"

Mario begrüßte Archibald und Barbara überschwänglich, als sie drei Tage später in sein Lokal kamen. Die Kommissarin hatte sich extra einen Tag frei genommen, damit sie nichts mehr von der Einladung abhalten konnte.

Fröhlich brachte Mario die Speisekarten.

„Du hast gleich zwei Fälle gelöst", sagte Barbara. „Eigentlich müsste ich dich zwei Mal einladen."

„Ich hätte nichts dagegen", meinte Archibald. „Aber ich war es ja auch nicht allein. Letztlich war der Täter ja auch schuld daran, dass wir ihm auf die Schliche gekommen sind. Die Idee, das Geld aus dem Bankraub in einem vorher geparkten Wagen zu verstecken, war allerdings nicht schlecht."

Er schmunzelte.

„Vor allem, wenn man genau auskundschaftet, dass der Besitzer des Wagens im Urlaub ist und den Diebstahl erst mal nicht melden wird", fügte Barbara hinzu.

„Ganz genau. Man sollte sich dann aber auch die Mühe machen, den Wagen nicht falsch zu parken. Denn wenn das Fahrzeug mitsamt der Beute abgeschleppt wird, gibt es Probleme. Man hat ja die Papiere nicht, um es vom Abstellplatz wieder abzuholen."

Deswegen hatte der Mann, der die Bank über-
fallen hatte, Bohn verfolgt und ihm dort am
„Mampftreff" aufgelauert. Doch die Zeit reichte nicht, um die Beute während Bohns Mittagessen unbemerkt aus dem Wagen zu holen.
Er wurde überrascht, wehrte sich, indem er
Bohn niederschlug – und so kam alles in Gang.

„Wie geht es Bohn eigentlich?", fragte Archibald, nachdem er sich für die Penne mit Gor-
gonzolasoße entschieden hatte.

„Er hat heute schon ausgesagt, dass es ihm
leid tut, Vollrath beschuldigt zu haben. Dabei
kann man das ja verstehen. Aber das ist eine
andere Geschichte."

Mario brachte den Rotwein, und sie stießen
auf die beiden gelösten Fälle an.

Archibald und Rehbeins Tod

Jedes Jahr im Oktober erreichte Professor Archibald Winter eine Einladung auf edlem Papier.

Die Baronin Mira von Stieglitz lud zu einem Abendessen in ihrem Hause im Kölner Süden. Doch es ging dabei nicht nur um ein vornehmes Mahl im Kreise erlesener Gäste. Die Baronin hatte es sich zur Aufgabe gemacht, jungen Talenten der Kölner Musikhochschule Auftrittsmöglichkeiten zu verschaffen. Sie war Vorsitzende eines Fördervereins, aber sie ging auch noch einen Schritt weiter. Zu dem jährlichen Abend gehörte auch ein kleines Konzert in Frau von Stieglitz' geräumigem Wohnzimmer. Die Gäste erwartete klassische Kammermusik vom Feinsten.

Archibald war ein passionierter Klassikhörer und freute sich auf diese Abende immer ganz besonders.

Die Baronin lebte zwar auf großem Fuß und verfügte über eine Hausangestellte, einen Gärtner und über ein großes Haus. Doch den eigentlichen Stammsitz – eine riesige Villa mit Park – hatte sie schon vor Jahren gegen ein recht unauffälliges städtisches Domizil eingetauscht.

„Was brauche ich diese schlossartige Anlage?", hatte sie Archibald einmal erklärt. „Es reicht doch, wenn ich wie alle anderen Menschen auch auf 200 Quadratmetern in der Vorstadt lebte. Ich bin ja schließlich ganz allein. Für den Nachwuchs in der Familie hat mein Bruder gesorgt, und der lebt in Amerika …"

Frau von Stieglitz war also alleinstehend, hatte als Lebensinhalt nur ihren Einsatz für die Kultur, und ansonsten hatte sie sich auch im Kreise der Nachbarschaft sehr beliebt gemacht. Wenn es nötig war, passte sie bei dem einen auf die Kinder auf, bei dem anderen goss sie die Blumen, wenn die Familie im Urlaub war, oder sie kümmerte sich um die Haustiere.

Als Archibald ankam, hatten sich bereits viele weitere Gäste eingefunden.

„Herr Professor Winter, herzlich willkommen", rief die Baronin und ließ von Maja, ihrer Hausangestellten, den Begrüßungssekt servieren. Alle stießen an. „Freuen wir uns auf einen Abend, der sowohl kulinarische als aus musikalische Genüsse offenbaren wird."

Die Gäste – insgesamt elf Personen – wurden ins Speisezimmer geführt. Archibald kam neben Dr. Rehbein zu sitzen – seines Zeichens Chef einer Kölner Herzklinik.

Er war auf seinem Gebiet ein Spezialist und genoss weithin Ansehen.

„Wir haben uns lange nicht gesehen", sagte Rehbein. „Man hört, Sie seien jetzt unter die Hobbydetektive gegangen?"

„Ich wollte mich in meiner Zeit als Pensionär noch einmal verändern", erklärte Archibald. „In meiner aktiven Zeit als Germanistikprofessor habe ich mich so stark mit Kriminalromanen befasst, dass in mir der Wunsch entstanden ist, selbst in die Rolle als Philippe Marlowe, Hercule Poirot oder Sherlock Holmes zu schlüpfen."

„Na, Sie erinnern mich da aber eher an Lord Peter Wimsey von Dorothy L. Sayers …"

„Sie meinen, weil ich als Freizeitermittler unterwegs bin? Genau wie der berühmte Lord. Sie kennen sich aber aus."

„Sehr richtig." Rehbein lächelte über das ganze Gesicht, als habe er gerade selbst einen Fall gelöst. „Ich bin ja übrigens auch nicht weit vom Ruhestand entfernt", fuhr er fort. „Und ich bin ebenfalls entschlossen, eine lange zurückgestellte Leidenschaft auszuleben …"

„Aber dabei geht es nicht um Kriminalistik, oder?"

„Nein, das nicht. Obwohl mir gerade einfällt, dass ich vielleicht Ihre Hilfe in Anspruch nehmen könnte."

„Als Detektiv?"

„So ist es."

Er nickte, und im selben Moment schaltete sich Frau Strohschläger von der anderen Seite des Tisches ein. Sie war die verwitwete Gattin eines angesehenen Musikkritikers – und als solche war sie stets bemüht, ihre Bildung auf dem Gebiet der klassischen Musik vorzuführen. Obwohl diese, wie Archibald fand, kaum vorhanden war.

„Hören wir denn nachher etwas von Beethoven oder Mozart?", fragte sie, als ob das die einzigen klassischen Komponisten seien, die es gab.

„Ich glaube, Frau von Stieglitz hat Klaviermusik von Schumann angekündigt", bemerkte Archibald und nickte der Baron zu, die seine Aussage auch gleich bestätigte.

„Hoffentlich ist eines seiner herrlichen Impromptus dabei", schwärmte Frau Strohschneider mit deutlich übertriebener Begeisterung. „Auch die ‚Wandererfantasie' ist ja etwas ganz besonderes …"

Die Baronin und Archibald sahen sich an und verdrehten die Augen. Die Musikkritikergattin hatte wieder einmal Franz Schubert und Robert Schumann verwechselt. So etwas passierte ihr ständig.

Die Gespräche gingen weiter, während das Essen aufgetragen wurde, das Frau von Stieglitz übrigens wie jedes Jahr höchstpersönlich zubereitet hatte. Wie man sah, hatte sie sich damit große Mühe gegeben.

Als Vorspeise gab es eine Kürbisrahmsuppe. Danach servierte Maja den ersten Gang: gebratene Jakobsmuscheln auf Orangenscheiben mit Spinat.

Archibald war ganz froh, dass ihn Rehbein nicht weiter über seine Tätigkeit als Detektiv ausquetschte. Je mehr sein Hobby bekannt wurde, desto öfter erwarteten Freunde aus dem Bekanntenkreis, dass ihnen der Professor bei privaten Problemen unter die Arme griff. Rehbein hatte so etwas ja auch gerade angedeutet.

Der Professor wollte lieber als Polizeiberater tätig sein, um bei richtig großen Fällen mitzuwirken. Seine alte Freundin Barbara Bruhns war Kommissarin bei der Kölner Polizei und nahm sehr oft seine Dienste in Anspruch. Das gefiel dem Professor wesentlich besser, als sich mit familiären Problemen oder einem Verdacht auf Ehebruch herumzuschlagen.

Plötzlich geschah etwas Seltsames. Rehbein, der sich mit seiner Tischnachbarin zur anderen Seite eben noch über das Abenteuer der ersten Herztransplantation bei einem Menschen durch den südafrikanischen Chirurgen Christiaan Barnard im Jahre 1967 unterhalten hatte, hielt plötzlich inne. Er hob den Kopf und schien das Gemälde auf der gegenüberliegenden Wand anzustarren – eine romantische Darstellung der Rheinlandschaft. Aber es war nicht das Bild, das ihn fesselte. Man sah ihm deutlich an, dass ihm gerade etwas durch den Kopf ging, das ihn beschäftigte.

„Was haben Sie?", fragte Archibald.

Rehbein erhob sich hastig und stieß dabei fast den Stuhl um. Die Gespräche erstarben. Alle sahen dem Doktor nach, der eilig den Raum verließ. Mit einem Mal herrschte Stille. Es war deutlich zu hören, wie draußen auf der Straße ein Auto fuhr.

Rehbein schien gar nicht zu bemerken, dass er die Serviette noch in der Hand hatte. Maja erschien in der Tür und stand ihm im Weg. Sie wollte wohl gerade das Geschirr des Hauptgangs abräumen. Rehbein stieß sie brüsk zur Seite und verschwand im Flur.

Archibald stand auf, drückte sich an der erschrockenen Angestellten vorbei und ging hinterher.

Die Haustür stand offen. Rehbein musste hinaus gelaufen sein. Ein dicker Busch verhinderte den direkten Blick auf die Straße.

Im nächsten Moment sausten Scheinwerfer vorbei. Bremsen quietschten. Archibald hörte ein hässliches dumpfes Geräusch.

Ein Körper, der von einem Wagen getroffen wird, dachte er.

Als der Professor die Straße erreichte, lag Rehbeins Körper reglos und verkrümmt da.

Archibald rannte zu ihm, fühlte den Puls.

Doch Rehbein war tot.

„Es war ein Unfall mit Fahrerflucht", sagte Barbara, als sie spät am selben Abend im Polizeipräsidium saßen. „Nichts weiter. Obwohl das natürlich schon schlimm genug ist."

Archibald trug immer noch seine festliche Abendkleidung. Selbstverständlich war das Konzert nach dem schrecklichen Vorfall ausgefallen. Die Baronin hatte sofort Polizei und Notarzt informiert. Die Sanitäter hatten aber nichts mehr ausrichten können.

Archibald hatte bei den eintreffenden Beamten darauf bestanden, dass Kommissarin Barbara Bruhns informiert wurde. Als sie hörte, was geschehen war, war sie trotz der späten Stunde sofort gekommen. Sie hatte sich ein Bild vom Hergang gemacht, dann alle Aussagen gesichtet und war mit Archibald ins Präsidium gefahren, um selbst das Protokoll zu schreiben.

Jetzt schloss sie das Fenster der Computerdatei und sah den Professor an. Dabei lächelte sie.

„Mehr können wir nicht tun. Wir haben ja noch nicht mal eine Beschreibung des Wagens."

„Der Busch stand im Weg!", sagte Archibald. „Deswegen habe ich das Auto nicht erkennen können."

Die Kommissarin hob die Schultern. „Ich denke, wir gehen jetzt nach Hause. Es ist fast eins."

„Aber ist das denn nicht merkwürdig?", fuhr der Professor auf. „Rehbein unterbricht urplötzlich ein Gespräch ... Dann springt er einfach auf und rennt raus. Um dort überfahren zu werden ... Was wollte er denn da draußen überhaupt? Was hat ihn rausgelockt?"

„Glaubst du, er hat sich absichtlich vor das nächstbeste Auto geworfen?"

„Nein, das glaube ich natürlich nicht. Aber er und der Fahrer müssen in irgendeinem Kontakt gestanden haben. Oder ist es auch Zufall, dass der Fahrer dann auch noch geflohen ist?"

„Hat Dr. Rehbein vorher irgendeine Nachricht bekommen? Vielleicht eine SMS? Wollte er sich mit jemandem treffen? Hat er auf sein Handy geschaut?"

„Nein. Er hat einfach nur mit seiner Tischnachbarin gesprochen. Ich glaube, es ging um Herztransplantationen. Und vorher hat er mir noch erzählt, dass er sich irgendein Hobby zugelegt hat. Für seinen Ruhestand. Er wollte etwas zu tun haben."

„Wollte er vielleicht auch Hobbydetektiv werden?"

„Nein, nein …" Archibald überlegte.

„Aber er erwähnte, dass er eventuell meine Dienste in Anspruch nehmen wollte. Das heißt, er hatte irgendein Problem", fuhr er fort.

Die Kommissarin hob eine Augenbraue. „Und das soll alles etwas mit diesem Vorfall zu tun haben? Mit seinem seltsamen Verhalten?"

„Vielleicht. Könnte doch sein."

Sie stand auf. „Also ich sehe da keinen Zusammenhang. Und ich gehe jetzt nach Hause. Morgen ist zwar Samstag, aber ich muss trotzdem arbeiten. So ganz nebenbei: Auch ich war bei Freunden eingeladen. Allerdings gab es keine Jakobsmuscheln, sondern selbstgebackene Pizza … Ich verkehre ja nicht unter Adligen so wie du."

Archibald wurde klar, dass ihm Barbara einen großen Gefallen getan hatte. Auch wenn sie keinen Schritt weitergekommen waren. „Danke für deine Hilfe", sagte er

„Gerne", sagte sie.

Am nächsten Tag besuchte Archibald die Baronin. Als er seinen Wagen parkte, arbeitete gerade ein junger Mann im Vorgarten. Er schnitt die Bäume.

„Das ist Arne", sagte Frau von Stieglitz, als sie beim Kaffee im Wohnzimmer saßen. „Majas Ehemann. Wissen Sie, den beiden geht es finanziell nicht so gut. Ich bin froh, dass ich ihnen eine Beschäftigung geben kann. Ich habe ihnen auch eine Wohnung hier in der Nachbarschaft besorgt." Sie seufzte. Das kleine Gespräch über die Hausangestellten hatte sie kurz von ihren Nöten abgelenkt. Der Schreck über den Vorfall mit Rehbein war ihr noch ins Gesicht geschrieben.

„Ich habe die ganze Nacht kein Auge zugetan", sagte sie. „Und ich werde aus der Sache einfach nicht schlau."

Archibald nickte. „Sie meinen Rehbeins seltsames Verhalten. Das habe ich auch der Polizei eingehend geschildert. Allerdings ist es schwierig, einen Zusammenhang mit seinem Tod herzustellen."

„Vielleicht sind es ja zwei völlig verschiedene Dinge … Und wir wollen nur glauben, dass es einen Zusammenhang gibt …"

„Ich werde versuchen, es herauszufinden", sagte der Professor.

Frau von Stieglitz musterte ihn.

„Ach ja richtig … Sie haben ja eine gewisse Erfahrung in diesen Dingen."

„Ich bräuchte allerdings Ihre Hilfe, Frau von Stieglitz."

„Gerne. Was soll ich tun?"

„Mir ein paar Fragen beantworten. Ich kannte Herrn Dr. Rehbein schon eine Weile, aber natürlich nicht so gut wie Sie."

„Was möchten Sie denn wissen?"

„Er hat mir berichtet, er würde sich ein Hobby für seinen Ruhestand zulegen. Wissen Sie etwas darüber?"

Über das Gesicht der Baron huschte ein Lächeln. „Das hat er mir auch gesagt, aber er ist nicht damit herausgerückt, was es ist. Keine Ahnung."

„Wie lebte er? Er war doch alleinstehend, oder nicht?"

„Verwitwet. Und kinderlos. Seine Frau starb schon vor vielen Jahren. Und ich glaube, es war sogar eine Herzkrankheit, die sie das Leben kostete. Herr Dr. Rehbein litt persönlich sehr darunter, dass er sie damals nicht retten konnte."

„Ist er danach keine weitere Beziehung eingegangen?"

Sie zuckte die Schultern.

„Ich weiß von einigen flüchtigen Bekanntschaften. Keine wirklich ernsten Sachen. Ich habe mich auch gelegentlich mit ihm getroffen."

Archibald musste der Baronin einen ganz bestimmten Blick zugeworfen haben, denn sie fügte lächelnd hinzu: „Wir sind nur ins Konzert und in die Oper gegangen. Einmal waren wir sogar bei den Opernfestspielen in Bregenz am Bodensee. Sie kennen doch sicher die berühmte Seebühne. Ach, das ist sicher auch schon acht oder neun Jahre her."

Maja erschien und fragte nach weiteren Wünschen.

„Wir haben noch Apfelkuchen", sagte Frau von Stieglitz. „Selbst gebacken. Eigentlich hätte es ihn gestern Abend nach dem Konzert gegen sollen."

Der Professor lehnte höflich ab.

Er hatte einen Entschluss gefasst. Was er vorhatte, war riskant, aber er sah keine andere Möglichkeit.

Er verabschiedete sich höflich und ging.

Dr. Rehbeins Haus war ein Bungalow mit Garten. Das Grundstück war zum Glück von der Nachbarschaft kaum einsehbar. Immerhin würde das die Sache um Einiges erleichtern …

Doch Archibald musste ein weiterer Glücksfall zugutekommen, sonst würde sein Vorhaben scheitern.

Möglichst harmlos erscheinend ging er die Stufen zum Eingang hinauf und sah sich um. Unter dem Briefkasten neben der Haustür stand eine leere Gießkanne aus Zinn – nicht zum Gebrauch, sondern als Dekorationsstück. Der Professor sah hinein. Sie war leer. Darunter war auch nicht das versteckt, was er suchte.

In dem kleinen Streifen Vorgarten lagen einige große Ziersteine. Der Professor drehte sie mit der Schuhspitze um. Auch hier hatte er kein Glück.

Er versuchte es an dem niedrigen Zaun, blickte hinter die kleinen Büsche und tastete sogar in den Ästen herum. Nichts.

Nun blieb ihm nichts anderes übrig, als hinters Haus zu gehen.

Ein kleiner Natursteinpfad führte zu einer Terrasse mit einer großen Rasenfläche davor. Sie war penibel geschnitten und reichte bis zu einem Zaun. Dahinter erhoben sich die Bäume des nahen Waldes.

Der Professor blieb stehen. Er hatte keine Ahnung, wo er noch suchen sollte.

Viele Menschen versteckten Ersatzschlüssel zu ihren Häusern im Garten oder in einem angrenzenden Schuppen. Manchmal gab es sogar

Baumarkt-Anzeigen in der Zeitung für künstliche Steine, die man als Versteck nutzen und im Garten deponieren konnte. Einbrecher kannten sicher sämtliche Modelle, die es davon gab.

Archibald seufzte. Das hatte er sich irgendwie einfacher vorgestellt.

Vielleicht gab es ja eine andere Möglichkeit, ins Haus zu kommen, ohne etwas kaputt zu machen.

Wie gelang das denn den großen Privatdetektiven in den Romanen immer?

Archibald überlegte, suchte nach den entsprechenden Szenen in den vielen Krimis, die er gelesen hatte, doch es fiel ihm nichts Brauchbares ein. Die Helden fanden immer wie durch ein Wunder ein angelehntes Fenster oder es gelang ihnen, sich durch einen Trick die Tür öffnen zu lassen. Oder sie wandten eben Gewalt an. Das kam für Archibald natürlich nicht in Frage.

„Darf ich fragen, was Sie hier machen?"

Der Professor drehte sich erschrocken um. Er stand einer Frau gegenüber, die aus dem Haus gekommen sein musste. Die Terrassentür stand offen. Die Frau mochte Mitte vierzig sein.

„Entschuldigung", sagte Archibald. „Ich bin ein Bekannter von Dr. Rehbein … Und ich war dabei, als er gestern umkam …" Die Frau machte plötzlich große Augen und wurde blass.

Sie wirkte unsicher und begann ihre Hände zu kneten. Dabei wanderte ihr Blick unstet hin und her

„Als er umkam? Was meinen Sie damit?", fragte sie. „Ist er …"

„Leider ja", sagte der Professor. „Es tut mir leid."

„Wie ist das passiert? Und wer sind Sie überhaupt? Sind Sie von der Polizei?"

Archibald stellte sich vor, verschwieg aber, dass er für die Polizei arbeitete. Er sagte nur, dass er bei Dr. Rehbeins Ableben am Abend zuvor dabei war. „Wissen Sie, er hat mir kurz zuvor noch anvertraut, dass er meine Hilfe braucht", fügte er hinzu. „Und das lässt mir keine Ruhe. Daher bin ich hergekommen, weil ich dachte, ich …" Nein, er konnte ja schlecht sagen, dass er vorgehabt hatte, in das Haus einzudringen. „Ich versuche einfach nur herauszufinden, was er damit gemeint hat. Ich dachte, ich könnte Nachbarn fragen.

„Sie hätten einfach an der Tür klingeln können", sagte die Frau. „Bitte kommen Sie herein und berichten Sie mir genau, was passiert ist."

Sie gingen ins Haus. Die Frau bot Archibald einen Platz auf dem großen Sofa in Rehbeins modernem Wohnzimmer an. Sie wirkte, als wäre sie schon oft hier gewesen. Jedenfalls schien ihr die Umgebung vertraut.

„Bevor ich Ihnen alles erzähle – erlauben Sie eine Frage", sagte Archibald. „Wie standen Sie denn zu ihm?"

Sie nahm Platz, schlug die Beine übereinander und sah den Professor an. Sie war ziemlich attraktiv.

„Ich war hier heute mit Herrn Dr. Rehbein verabredet", sagte sie. „Ach, entschuldigen Sie, ich habe mich noch nicht vorgestellt, mein Name ist Töpfer. Ich bin Herrn Dr. Rehbeins Sekretärin in der Klinik."

„Das heißt, Sie sind nur dienstlich hier?", fragte Archibald. „Sie wollten mit ihm arbeiten? Heute, am Samstag … Und das bei ihm zu Hause?"

Sie verzog keine Miene und ging nicht darauf ein. „Bitte sagen Sie mir jetzt, was geschehen ist."

Archibald schilderte ihr alles – auch das Gespräch, das er mit Dr. Rehbein vor dem seltsamen Ereignis geführt hatte.

„Er hat mir gesagt, er habe sich für seinen Ruhestand ein Hobby gesucht. Und in diesem Zusammenhang wollte er meine Dienste in Anspruch nehmen."

„Was für Dienste?"

„Ich arbeite gelegentlich als Privatdetektiv. Können Sie sich einen Reim darauf machen? Hatte er irgendwelche Schwierigkeiten?"

Sie stand auf. „Kommen Sie, ich zeige Ihnen etwas."

Sie führte Archibald aus dem Wohnzimmer hinaus und über eine Treppe in ein geräumiges Zimmer unter dem Dach. Es war ein Arbeitszimmer – vollgestopft mit medizinischen Büchern, die zum Teil aufgeschlagen auf dem Schreibtisch lagen. An der Wand hingen schematische Darstellungen des menschlichen Herzens.

„Hier hat er gearbeitet", sagte sie. „Und hier hat er auch Unterlagen über sein neues Hobby." Sie zeigte Archibald eine Abteilung in dem gut gefüllten Bücherregal. Es waren lauter Bände, in denen es um Oldtimer und Motorsport ging. Jetzt bemerkte Archibald auch das große Poster auf der anderen Seite des Raumes, gegenüber des Schreibtischs.

Es zeigte einen knallroten Jaguar-Sportwagen. Der Professor verstand nicht viel von Autos, aber dieses Modell musste aus den sechziger Jahren stammen.

„Sein Hobby für den Ruhestand waren Oldtimer?", fragte der Professor.

Frau Töpfer nickte. „Er hat sich mehrere davon zugelegt. Sie stehen in angemieteten Garagen. Er hat immer davon geträumt, mit diesen wertvollen alten Wagen herumzufahren. Es gibt ja richtige Treffen von Oldtimerfans – zum

Beispiel hier in der Nähe auf diesem Schloss in Bensberg."

„Aber warum hätte er dabei meine Hilfe brauchen können?"

„Das kann ich Ihnen leider nicht sagen." Ihr entfuhr ein Seufzer. „Könnten Sie jetzt bitte gehen? Mir geht es nicht gut. Mich hat das alles doch etwas mitgenommen."

„Danke für Ihre Auskünfte", sagte Archibald. „Ich finde den Weg hinaus allein."

Er verabschiedete sich und verließ den Raum. Auf dem Flur kam er an Dr. Rehbeins Schlafzimmer vorbei, dessen Tür offen stand.

Es gab darin ein Doppelbett. Beide Seiten waren benutzt. Auf einer Kommode standen mehrere gerahmte Fotos. Eins davon zeigte Dr. Rehbein und Frau Töpfer eng umschlungen vor einer Meereslandschaft, wahrscheinlich irgendwo in Griechenland.

Als Archibald wieder hinausschlich, hörte er aus dem Arbeitszimmer leises Schluchzen.

Der Professor fuhr nach Hause und setzte sich an den Computer. Über die Website der Herzklinik erfuhr er Frau Töpfers Vornamen. Er lautete Elvira. Nach weiterem Suchen entdeckte er ihre Privatadresse mit Telefonnummer.

Als er anrief, meldete sich ein Anrufbeantworter: „Dies ist der Anruf von Gernot und Elvira Töpfer …"

Er hatte gerade aufgelegt, da rief Barbara an.

„Nur, damit du auf dem Laufenden bleibst", sagte sie. „Es gibt zwei neue Erkenntnisse."

„Und die wären?", fragte Archibald.

„Nummer eins. Du hast doch gesagt, Dr. Rehbein hätte dich eventuell als Detektiv engagieren wollen. Das hat mich auf die Idee gebracht, mal nachzusehen, ob er sich in irgendeiner Sache in letzter Zeit an die Polizei gewandt hat."

„Und hat er?"

„Er hat. Es geht dabei um einen gestohlenen Wagen. Entwendet aus einer Garage in Porz."

„Ein Oldtimer?", fragte Archibald.

„Woher weißt du das schon wieder? Es stimmt. Ein Porsche, Baujahr 1978. Ziemlich gut erhalten. Rehbein hatte ihn gerade angemeldet."

„Habt ihr den Diebstahl aufgeklärt?"

„Was glaubst du denn? Natürlich nicht. So was ist wahnsinnig schwierig. Bis so ein Diebstahl angezeigt wird, ist das Fahrzeug längst nicht mehr im Land. Die Diebe spezialisieren sich übrigens zunehmend auf Autos, die in Garagen stehen und selten bewegt werden. Wenn der Besitzer dann mal nach ihnen schaut, kann man nicht mehr nachvollziehen, wann sie genau gestohlen wurden. Und sie sind dann schon weiterverkauft."

„Und was ist die zweite Nachricht?"

„Wir haben einen Zeugen gefunden, der vielleicht das Auto von gestern Abend gesehen hat. Und zwar an der nächsten Abzweigung, zur Fichtelbergstraße … Es fuhr ziemlich schnell, und es passt auch zeitlich alles zusammen …"

„Und?"

„Kein Nummernschild. Aber laut Beschreibung könnte es ein Taxi gewesen sein. Wir untersuchen das gerade. Die Funkleitstelle der Taxibetriebe sagt jedoch, um die Zeit habe in der Gegend kein Taxifahrer eine Fuhre."

„Wenn es ein Taxi war, hat sich der Fahrer außerdienstlich dort hinbegeben."

„Ja, und das rauszukriegen ist schwierig."

„Ich glaube, jetzt habe ich auch eine Nachricht für dich", sagte Archibald.

„Tatsächlich?"

„Versuch mal rauszufinden, ob es einen Taxifahrer namens Gernot Töpfer in Köln oder Umgebung gibt."

„Und warum soll das genau der gewesen sein?"

Archibald erklärte es ihr.

„Ist das nicht ein bisschen weit hergeholt? Ein eifersüchtiger Taxifahrer, der Dr. Rehbein aufgelauert hat? Um ihn dann zu überfahren?"

„Aber möglich wär's doch."

„Wenn ich dich richtig verstanden habe, wissen wir noch nicht mal, ob Frau Töpfer wirklich ein Verhältnis mit Dr. Rehbein hatte."

„Ich denke, das Foto im Schlafzimmer ist eindeutig."

„Also gut … Wir überprüfen das. Ich melde mich wieder."

Der Anruf kam eine halbe Stunde später.

„Wenn du dabei sein willst, musst du dich beeilen. Wir haben erfahren, dass Gernot Töpfer mit seinem Wagen gerade am Bahnhof steht. Wir sammeln ihn gleich ein."

„Ihr befragt ihn doch sicher im Präsidium, oder?"

„Ich denke schon."

„Dann komme ich gleich dorthin."

Als Archibald ankam, befand sich Töpfer schon in Barbaras Büro. Er war ein Mann mit dichtem grauem Haar. Den Oberkörper vorgebeugt, saß er zusammengesunken auf einem Stuhl.

126

„Ich wollte das alles nicht", jammerte er. „Und er ist mir von selbst vor das Auto gelaufen. Ich wollte die ganze Sache schon abblasen und wegfahren. Und genau in dem Moment ist es passiert. Ich konnte ihm nicht ausweichen."

Barbara kam dem Professor ein Zeichen, sich im Hintergrund auf einen der Besucherstühle zu setzen.

„Herr Töpfer", sagte die Kommissarin ruhig. „Wir haben alle die Beule an Ihrem Taxi gesehen. Es ist ein tiefer Abdruck. Der entsteht nur, wenn ein Körper mit hoher Geschwindigkeit auf den Wagen prallt."

„Ich bin ja auch schnell gefahren. Aber doch nur, um wegzukommen." Er seufzte tief, richtete sich auf und sah Barbara an. „Ich wusste, dass Rehbein was mit meiner Frau hat. Ich habe schon vor Monaten einen Brief von ihm gefunden, aus dem das ganz klar hervorging. Immer wieder habe ich damit gerungen, ihn zur Rede zu stellen, aber ich habe mich nicht getraut."

„Haben Sie denn nicht mit Ihrer Frau darüber gesprochen?"

„Nein."

„Warum nicht?"

„Ich weiß es ja auch nicht. Ich arbeite so viel. Wir sehen uns kaum. Sie ist tagsüber in der Klinik, und ich arbeite oft in der Nacht. Jedenfalls habe ich gestern eine Fuhre in der Gegend gehabt, wo Rehbein hingefahren ist, und ..."

„Und?"

„Ich hab mich vor das Haus gestellt."

„Woher wussten Sie überhaupt, dass er dort eingeladen war?"

„Ich habe vorher im Vorbeifahren gesehen, wie er ankam. Ich habe dann meine Fahrt gemacht. Danach ergab sich etwas Leerlauf. Dabei bin ich auf die Idee gekommen, noch mal dorthin zu fahren und darauf zu warten, bis er wieder rauskommt."

„Und was hätten Sie dann getan?"

„Ich wäre ihm dann nachgefahren und hätte ihn zu Hause abgepasst oder so was."

„Das scheint mir eine ziemlich wirre Idee zu sein. Sie hätten ja auch gleich zu ihm nach Hause fahren können."

„Aber ich wusste doch gar nicht, wo er wohnt."

„Das sollen wir Ihnen glauben?"

„Mir kam das ja dann auch lächerlich vor. Ich wusste ja gar nicht, wie lange er in dem Haus bleiben würde. Ich hab mich über mich selbst geärgert. Erst habe ich mich ein bisschen abgelenkt. Ich habe mit meinem iPod ein bisschen Musik gehört ..."

„Mit Kopfhörern?", fragte Archibald dazwischen.

Töpfer sah erstaunt auf. Er schien den Professor erst jetzt zu bemerken. „Ja, genau. Ich bin ein Fan von alten Rock-Klassikern …"

„Also gut, Sie haben Musik gehört", sagte Barbara etwas ungehalten wegen Archibald Unterbrechung. „Und dann?"

„Als ich ein bisschen runtergekommen bin von dem allen, hab ich mir gesagt, dass das alles Quatsch ist. Dass ich mit Elvira reden muss. Dass es keinen Sinn hat, hier wie ein Blödmann rumzustehen. Ich habe den Schlüssel rumgedreht und bin losgefahren. Ein bisschen energisch. Das gebe ich zu. Und genau in dem Moment, in dem ich an dem Eingang vorbeifahre, sehe ich Rehbein, wie er herausstürzt und vor meinen Kühler läuft. Ich habe wirklich gedacht, ich träume. Das war so unwirklich … Und da bin ich einfach weitergefahren. Erst dann ist mir klar geworden, was da wirklich passiert ist. Ich verstehe immer noch nicht, wo der auf einmal herkam. Wissen Sie, ich habe mir ja alles mögliche ausgedacht. Dass ich ihn niederschlage oder so was. Solche Gewaltfantasien hat man, wenn man eifersüchtig ist. Und als ich dann völlig beruhigt wegfuhr, und er mir plötzlich vor den Kühler lief … Da war es, als hätte irgendetwas in mir ihn da rausgerufen. Als mir das klar wurde, hatte ich nur noch Angst. Deswegen habe ich mich auch nicht gemeldet."

Töpfer wirkte erschöpft. Archibald gab Barbara ein Zeichen. Sie gingen beide hinaus, um sich auf dem Flur alleine zu unterhalten.

„Was hältst du von der Geschichte?", fragte der Professor.

„Wenn er es so schildert, müssen wir ihm erst mal glauben. Ich sehe nicht, dass er uns etwas verschweigt. Wir haben in der Zwischenzeit auch Rehbeins Handydaten überprüft. Er hat definitiv keine Nachricht bekommen, die ihn rausgelockt hätte oder so was. Töpfer hat auch nichts geschickt. Er hat rund um den Vorfall sein Handy für drei Stunden überhaupt nicht benutzt."

„Da ist doch noch irgendwas anderes im Gange", sagte Archibald.

„Meinst du, er hat tatsächlich irgendwie telepathisch mit Rehbein Kontakt aufgenommen und ihn dazu gebracht, das Haus zu verlassen, um ihn überfahren zu können?"

„Witze machen kann ich selbst."

„Finde es raus, Archibald. Meinen Segen hast du. Du hast uns auf Töpfer gebracht. Dann wird dir das sicher auch noch gelingen."

Archibald ging in eine andere Etage des Polizeipräsidiums – dorthin wo sich das Diebstahlsdezernat befand.

Zum Glück hatte heute ein Kommissar Dienst, den der Professor kannte. Hubert Schmidt – ein altgedienter Kripo-Beamter mit Zwirbelbart und runder Brille, der einem berühmten Fernsehkoch sehr ähnlich sah.

„Ah, der Herr Professor ist wieder im Hause", sagte Schmidt wie immer fröhlich und aufgeräumt. „Was gibt's denn Neues an der Verbrecherfront? Ich meine natürlich Dinge, die wir nicht selber wissen." Er brach in schallendes Gelächter aus.

Der Professor unterhielt sich mit ihm über die neuesten Fälle von gestohlenen Fahrzeugen. Obwohl es solche Delikte ziemlich häufig gab, konnte sich der Kommissar an den Fall von Rehbeins Porsche erinnern.

„So was hat man nicht oft. Die meisten gestohlenen Fahrzeuge sind eher modernere Wagen."

„Ich habe schon mit Barbara darüber gesprochen. Man muss davon ausgehen, dass der Dieb den Porsche längst weiterverkauft hat. Wahrscheinlich ins Ausland."

Kommissar Schmidt schüttelte den Kopf. „Das ist nicht gesagt. Die Fahrzeuge sind ja Liebhaberstücke. Es kann durchaus sein, dass sie im Inland bleiben. Man sieht sie natürlich selten auf der Straße wieder. Die richtigen Sammler stellen sie in irgendwelche Privatgaragen, und dort sehen sie nur ganz selten Tageslicht. Es ist ein bisschen wie bei wertvollen Kunstwerken, die in Safes landen anstatt im Museum zu hängen."

„Gäbe es denn eine Chance, so ein Auto wiederzubekommen?"

Schmidt wiegte den Kopf hin und her. „Sicher, die gibt es. Wir haben immer wieder bestimmte Spezialisten im Visier, die als Autodiebe aufgefallen sind oder zumindest aus dem Umfeld von solchen Dieben stammen."

„Spezialisten? Sie meinen, es gibt Diebe, die sich auf diese Art von Fahrzeugen spezialisiert haben?"

„Na klar. Vor dem Stehlen muss man ja erst mal herausfinden, wo sich ein geeigneter Wagen befindet. Dafür haben die Diebe Helfer, die dann mit dem eigentlichen Diebstahl nichts zu tun haben. Sie kundschaften nur aus. Welches Auto, welcher Zustand, Standort. Sie finden heraus, wie oft der Besitzer nach dem Fahrzeug sieht und so weiter. Erst dann geschieht die eigentliche Tat."

„Haben Sie eine Kartei von Verdächtigen?", fragte Archibald.

„Kartei?

Schmidt zog eine Braue hoch und grinste. „Kartei ist gut. Heute heißt das Datenbank." Er wies auf einen zweiten, gerade unbesetzten Arbeitsplatz in seinem Büro, wo es auch einen Computerbildschirm gab. „Sie können sie gerne durchsehen, wenn Sie wollen. Manche Datensätze haben auch Fotos. Wenn Sie mal einen der Verdächtigen mit einem teuren Wagen sehen, benachrichtigen Sie uns. Wir überprüfen ihn dann mal ganz unverbindlich …"

Nach einer Stunde mit den Datensätzen hatte Archibald das Gefühl, dass er in eine Sackgasse geraten war. Dr. Rehbein hatte ihn nicht beauftragt, den gestohlenen Porsche wiederzufinden. Dr. Rehbein war tot. Und auch wenn nun klar war, wie er ums Leben gekommen war, gab es immer noch ein großes Rätsel zu lösen.

Der Professor aß in der Kölner Innenstadt zu Abend. Dann spazierte er am Dom vorbei zur Philharmonie. Heute Abend gab es ein dort großes Konzert mit einem jungen russischen Violinvirtuosen namens Igor Petrow.

Was für ein Zufall, dachte Archibald, als er vor dem Plakat stand. Vor vier Jahren war Petrow bei einem der Abende bei Baronin von

Stieglitz aufgetreten. Und nun spielte er mit einem amerikanischen Sinfonieorchester Beethovens Violinkonzert.

Der Professor kaufte sich eine Karte, ging in das große Foyer und studierte das Programmheft. Das Instrument, das der junge Geiger spielte, war eine Guarneri aus dem Jahre 1741. Ein Industrieller aus Japan hatte ihm die Geige zur Verfügung gestellt.

Die einen sammeln alte Autos, die anderen Musikinstrumente, dachte der Professor.

„Oh, guten Abend – das ist ja eine Überraschung."

Plötzlich stand Frau von Stieglitz neben ihm.

„Ich hätte mir denken können, dass Sie sich dieses Konzert nicht entgehen lassen", sagte Archibald und begrüßte die Baronin.

„Natürlich nicht. Es ist doch immer wieder schön zu erleben, wenn junge Talente, die man einst gefördert hat, ihren Weg gehen. Ich freue mich, dass Sie auch hier sind. Hinterher gibt es noch einen kleinen Empfang. Würden Sie mir die Freude machen und dazukommen?"

Archibald versprach es. Sie schlenderten ein wenig im Foyer herum. Bis zum Konzertbeginn waren es noch ein paar Minuten. „Wie weit sind Sie denn mit Ihren Ermittlungen?", fragte die Baronin.

Sie wirkte ungeduldig.

Der Professor berichtete, was er über das Hobby von Herrn Dr. Rehbein herausgefunden hatte.

„Ach, das hätte ich Ihnen sagen können", erklärte Frau von Stieglitz. „Er ist ja erst vor kurzem mit so einem Auto bei mir gewesen."

„Warum haben Sie mir das nicht gesagt?", fragte der Professor.

„Ich wusste nicht, dass das etwas Besonderes war. Ich verstehe nichts von Autos, müssen Sie wissen. Er hat sich mit mir kaum darüber unterhalten. Nur mit Herrn Petersen."

„Herr Petersen?"

„Na ja, Arne. Sie wissen schon. Der Mann von Maja, der mir ein bisschen im Garten hilft."

„Ja, ja … ich weiß." Archibald gingen plötzlich Gedanken durch den Kopf. Irgendetwas sagte ihm, dass Rehbeins seltsames Verhalten mit diesem Besuch zusammenhängen musste. Aber wieso?

Manchmal war es, als sei die Lösung eines Falles schon da, doch sie war nicht klar zu erkennen. Es war wie in diesen Momenten, in denen man etwas völlig naheliegendes vergessen hatte. Es lag einem auf der Zunge, aber man kam nicht drauf. Wie eine klemmende Schublade.

Es war vertrackt!

„Herr Professor, alles in Ordnung?", fragte die Baronin.

„Ja, ja entschuldigen Sie … Mir ist nur gerade was eingefallen. Ich hätte eine Frage. Sie sagten doch, Sie hätten Maja und Arne eine Wohnung in Ihrer Nähe verschafft."

„Ja, die Wohnung liegt in einem Mietshaus in der Parallelstraße. Es gehört einem befreundeten Ehepaar. Der Mann war sogar Trauzeuge meines Bruder, und …"

„Wie ist die Anschrift? Und den Namen des Hausbesitzers hätte ich auch gerne." Archibald zückte sein Notizbuch und schrieb auf, was ihm die Baronin diktierte. „Warum wollen Sie das wissen? Es hat doch sicher nichts mit Dr. Rehbeins seltsamem Verhalten zu tun."

„Nein, aber ich will etwas überprüfen."

Die Fanfare, die den Konzertbeginn ankündigte ertönte.

Die Baronin und Archibald gingen in den Saal. Ihre Plätze lagen in verschiedenen Blocks. Es war dem Professor ganz recht. Eine Ouvertüre von Mozart erklang als erstes Stück. Während ihn die Musik umrauschte, dachte Archibald noch einmal gründlich über alle Fakten nach, die er von dem Fall hatte.

Das Stück endete ihn machtvollen Akkorden. Applaus brandete auf. Nun folgte das Violinkonzert.

Während des langen Orchestervorspiels stand der junge Geiger am Rand des Podiums wie in tiefe Meditation versunken. Als sein Einsatz kam, war der Professor überrascht, wie kraftvoll und kernig die Violine klang.

Ein Musikkenner konnte Geigen am Klang unterscheiden. Den etwas feineren Ton der Stradivaris. Den volleren der Guarneris. Und wer sich richtig gut damit auskannte, wusste auch gleich, welchem Baujahr er zuhörte.

1731 klang anders als 1741 …

Der Professor musste lächeln, als er bemerkte, dass ihn das wieder an Autos erinnerte. Auch die Oldtimerspezialisten unterhielten sich ja gerne über verschiedene Baujahre, priesen bestimmte Details die es in den Autos nur zu bestimmten Zeiten und in bestimmten Baureihen gegeben hatte … Und nicht nur das. Auch die Motoren unterschieden sich beträchtlich. Wenn man so wollte hatte jedes Auto auch seinen eigenen Klang. Und den erkannte man, vor allem, wenn es sich um ein seltenes Fahrzeug handelte.

Archibald grübelte weiter und weiter. Und als das Violinkonzert zu Ende war und der ganze Saal dem jungen Igor Petrow zujubelte, verließ er den Saal und die Philharmonie. Die Baronin würde ihn wahrscheinlich in der Pause und erst recht bei dem anschließenden Empfang vermissen. Aber jetzt hatte etwas anderes Vorrang. Das war sicher.

Auf der Straße schaltete Archibald sein Handy ein und rief den Besitzer des Wohnblocks an, in dem Maja und Arne Petersen wohnten, und stellte ihm ein paar Fragen. Dann rief er Barbara an.

Eine Viertelstunde später war er selbst vor Ort. Es war ein kastenförmiges Gebäude mit einem großen Hof hinter dem Haus. Dort reihten sich Garagen. Der Platz lag in der Dunkelheit.

Archibald wartete. Schließlich schälte sich eine Figur aus der Finsternis.

„Herr Brodbeck?", rief Archibald.

„Ja, guten Abend. Sie sind Herr Professor Winter?"

„Ganz recht. Ich soll Ihnen viele Grüße von Frau von Stieglitz bestellen."

„Danke sehr." Der Mann rasselte mit einem Schlüsselbund, den er in der Hand hielt. „Eigentlich ist es ungesetzlich, um was Sie mich gebeten haben", sagte er. „Die Garage ist vermietet. Und ich habe kein Recht, sie zu öffnen. Auch wenn ich natürlich einen Schlüssel habe."

„Ich habe das schon geklärt", sagte Archibald.

Wie auf Kommando bog ein Streifenwagen auf den Hof ein. Zwei uniformierte Beamte und Barbara stiegen aus.

Die Kommissarin sprach mit Herrn Brodbeck, der schließlich eines der Tore öffnete und auf einen Lichtschalter drückte. Flackernde Neonbeleuchtung ließ die rote Farbe eines alten Porsche erstrahlen. Es war der Wagen von Dr. Rehbein.

„Was ist denn hier los?", rief eine junge Stimme. Es war Arne Petersen, der aus dem Haus gekommen war.

„Sie haben diese Garage doch gemietet, oder nicht?", fragte ihn Barbara.

Erst jetzt schien Arne zu begreifen, dass die Polizei vor Ort war. Er machte kehrt und wollte weglaufen, aber einer der Beamten hielt ihn fest.

„Danke, Herr Brodbeck", sagte die Kommissarin. „Den Rest regeln wir auf dem Präsidium."

„Und wer dankt mir?", fragte Archibald.

Barbara warf ihm einen mürrischen Blick zu. „Du hast mich heute wieder an meinem freien Abend gestört. Deswegen musst du mir erst mal ganz genau erklären, wie du das rausgekriegt hast."

„Ich habe den Nachnamen Petersen in Kommissar Schmidts Datenbank gelesen", sagte Archibald. Er und Barbara saßen in seinem Wagen. Die Beamten und Arne saßen in dem Polizeifahrzeug. „In der Philharmonie habe ich erst erfahren, dass Arne so heißt."

„Arne Petersen war in der Datenbank? Als Autodieb?"

„Nein. Ich glaube aber sein Bruder oder so. Das müsst ihr noch herausfinden."

„Aber dieser Name ist doch nicht gerade selten. Wie bist du darauf gekommen, dass die beiden was miteinander zu tun haben?"

„Ich hatte auf einmal eine bestimmte Theorie. Dr. Rehbeins Porsche war gestohlen worden."

„Das wissen wir."

„Und als er bei der Baronin beim Essen saß, fuhr ein Wagen draußen vorbei. Daran habe ich mich heute Abend wieder erinnert."

„Klar, der Wagen, der ihn umgefahren hat."

„Nein, der eben nicht. Ich meine einen anderen Wagen. Vorher. Es war Rehbeins Porsche. Der Doktor war ein Oldtimer-Fan. Er hat den Motor des Wagens am Geräusch erkannt. Deswegen ist er hinausgestürzt. Da war der Porsche aber schon weg. Stattdessen war das Taxi von Töpfer da – mit den bekannten Folgen."

Barbara überlegte. „Aber Töpfer hat nichts von einen anderem Wagen gesagt. So ein besonderes Auto fällt doch auf. Das kann man doch nicht übersehen."

„Töpfer hörte gerade Musik. Mit Kopfhörern. Wahrscheinlich hatte er die Augen geschlossen. Der hat von dem Porsche jedenfalls nichts mitbekommen."

„Wie kommt jemand auf die Idee, dass Rehbein seinen Wagen gehört haben könnte … Du hast wirklich Fantasie, Archibald."

„Das hat nichts mit Fantasie zu tun." Er erklärte ihr die Zusammenhänge mit Petrows Guarneri-Geige.

Er war Fachmann!

„Und dann habe ich mir gedacht, wer den Wagen gefahren haben könnte. So nahe bei der Baronin. Und als mir dann die Namensgleichheit bewusst wurde, fand ich, man könnte doch Arnes Garage mal überprüfen. Zumal er selbst gar kein Auto hat. Wozu hat er sie sonst gemietet?"

„Das heißt, so ganz sicher warst du dir doch nicht, als wir da eben auf dem Hof standen? Es hätte auch sein können, dass die Garage leer war?"

„Theoretisch schon", grinste Archibald. „Aber das war sie nicht."

„Nein, war sie nicht. Du hast den Fall gelöst."

„Eben. Und darauf kommt es an."

Wupper Wut
Emons Verlag, 320 S.
ISBN 978-3954516780
Broschiert 10,90 Euro
E-Book: 8,49

OLIVER BUSLAU

Rheinsteigmord

KRIMINALROMAN

emons:

Rheinsteigmord
Emons Verlag, 224 S.
ISBN 978-3954510627
Broschiert 9,90 Euro
E-Book: 8,49

Der Bulle von Berg
Emons Verlag, 240 S.
ISBN 978-3954512492
Broschiert 10,90 Euro
E-Book: 8,49